目次

そりゃないよ

よろず相談屋繁盛記

主な登場人物

信吾　黒船町で将棋会所「駒形」と「よろず相談屋」を営む
甚兵衛　向島の商家・豊島屋のご隠居。「駒形」の家主
巌哲和尚　信吾の名付け親で武術の師匠
常吉　「駒形」の小僧
権六　「マムシ」の異名を持つ岡っ引
正右衛門　信吾の父。浅草東仲町の老舗料理屋「宮戸屋」主人
繁　信吾の母
正吾　信吾の弟
咲江　信吾の祖母

人を呪わば

一

驚きはしたものの、それが宮戸屋《みやとや》の存亡に関わるようなことになろうとは、信吾《しんご》は知る由もなかった。

「また来たぜ」

「親分さん、いらっしゃいませ。お役目ご苦労さまです」

岡《おか》っ引《ぴき》の権六《ごんろく》に信吾が挨拶すると、将棋会所「駒形《こまがた》」の客たちも頭をさげたり笑い掛けたりした。

「なにごともねえか」

「お蔭《かげ》さまで日々平安というところです。しかし親分さんはお忙しいようですね」

暇潰しのようにちょくちょく顔を出していた権六だが、信吾と雑談していて閃《ひらめ》くところがあったらしく、定町廻《じょうまちまわ》りの同心から与力に話を持って行って、新手の強盗団一味を一網打尽にしたことがあった。

それで一気に評価が高まったのである。

頼りになる親分さんだと、あちこちの商家から声を掛けられるようになったらしい。それまでは三日に上げず「駒形」にいかつい顔を見せて油を売っていたが、賊の一味を縄に掛けてから事情が変わった。多忙のためか五日、七日と次第に間遠になって、今では十日から半月に一度くらいになっている。

それでもたまにやって来るのは、縄張りの見廻りだけでなく、信吾との取り留めもない遣《や》り取《と》りから得るところが多いからにちがいない。常にいくつかの問題を抱えているようだが、それについて信吾に相談したことはなかった。あくまでも雑談なのだ。世間話をしながら、なぜかきっかけを摑《つか》めることがあるらしく、無駄足になってもいいと思って足を運ぶのだろう。

ガニ股で足取り重くやって来た権六が、いくらか軽い歩調で帰って行く。数日後、あるいは十日から半月ほどして、権六親分が手柄を立てたらしい、との噂《うわさ》を聞くことになる。そんなことが何度かあった。

「駒形」の家主である甚兵衛《じんべえ》は、信吾が相談に乗って知恵を授けたのだろうと見ている。そんなことはありませんが、悪い連中が少なくなるのだからいいではありませんか、と信吾はあまり頓着しない。

「親分さん、腰を掛けてお待ちください。すぐにお茶を淹《い》れますので」

奉公を始めたころとは別人のように愛想よく、気配りもできるようになった小僧の常《つね》吉《きち》がそう言うと、「茶はいいや」と権六は答えた。

「信吾。久し振りに駒形堂《こまんどう》まで、そぞろ歩きと洒落《しやれ》ようじゃねえか」

「はい。いいですね」

どうやらすっきりしない問題を抱えているらしいと思いながら、信吾は雪駄《せった》を突っ掛けて権六に従った。

夜は陸から海に、昼はその逆方向に風が吹く。陽《ひ》のあるうちは大川を海からの風が吹いて来て、上げ潮のときには海の匂いが一段と濃くなった。

対岸の墨堤《ぼくてい》は、桜並木の青葉が陽光をいっぱいに受けて光り輝いている。

七夕に文を交わすことから文ひろげ月、略して文月《ふみづき》と呼ばれる七月は、卯月《うづき》とともに江戸がもっとも美しい季節であった。

秋の最初の月なので初秋、新秋、上秋、首秋、肇秋《ちょうしゅう》と呼ばれるが、肇も「はじめ」の意味である。ほかにも孟秋《もうしゅう》、七夕月、相月《しょうげつ》、蘭月《らんげつ》、涼月《りょうげつ》、冷月《れいげつ》とも呼ばれる。これだけ異名が多いということは、猛暑に辟易《へきえき》した江戸の庶民が、いかに爽やかな文月を待ち望み、愛《いと》おしんでいたかの表れだろう。

夏の蒸し暑さのあとだけに、空気が澄み切って感じられた。娘たちが一番きれいに見えるのが、初秋の文月であった。

帆掛けの荷船や櫓《ろ》漕ぎの舟が行き来する大川を右手に見ながら、少し上流《かみて》に歩くとほどなく駒形堂がある。

風を感じながら信吾は爽快な気分を満喫していたが、権六の足取りはどことなく重い。しかし雑談しているうちに解《ほぐ》れるだろうと、信吾はさほど気にしていなかった。

川に向かって石に腰をおろすと、権六は腰帯に挟んだ莨入《タバコい》れと煙管《キセル》を抜き出した。

権六が煙をくゆらせるまで、信吾は急《せ》かすことなく待つ。

喫《す》い終わった権六は、雁首《がんくび》を石に軽く打ち付けて灰を落としたが、二服めを喫う気はないらしく、煙管を莨入れにもどした。

「それにしても厄介なことに巻きこまれて、とんだ災難だな」

訳《ちけ》がわからずに岡っ引の顔を見ると、相手も事情を察したらしい。

「近えから当然知ってるはずだと思っていたが、駒形の客はやさしいなあ。席亭を心配させちゃいけねえと、口を噤《つぐ》んでるってことか」

「そうしますと、宮戸屋のことでなにか」

近いから当然知っていると思ったというからには、それ以外に考えられなかった。

「駒形の客がやさしけりゃ、両親《ふたおや》も客に負けずってこった。将棋会所と相談屋の仕事が軌道に乗り掛けてる息子に、余計な心配は掛けたくねえってことだろうが」

「一体、どういうことですか」

信吾の切羽詰まった言い方を躱《かわ》すというのではないだろうが、権六は大川を上下する大小の船や舟をぼんやりと見ている。

「どうせすぐに知れることだし、信吾に訊《き》かにゃならねえことも出て来るだろうから」

そう前置きして権六親分は話し始めた。

浅草東仲町《ひがしなかちょう》にある会席と即席料理「宮戸屋」のあるじ正右衛門《しょうえもん》を、一人の男が訪ねて来た。

大川右岸の金龍山下瓦町《きんりゅうざんしたかわらまち》と今戸町《いまどまち》のあいだの山谷堀に、今戸橋が架けられていて、その少し先に山谷橋がある。そこから北、やや西寄りに新鳥越町《しんとりこえちょう》が一丁目から四丁目まで続いているが、二丁目に住む医者の占野傘庵《せんのさんあん》だと男は名乗った。

二日まえに町内の若者組の者たちが、宮戸屋で宴を張ったが、料理になにを出したのかと傘庵は訊いた。一体どういうことかと訊《たず》ねると、食中《しょくあた》りで何人もが苦しみ、相当ひどくて傘庵のところに運びこまれた者もいる。取《と》り敢《あ》えずの手当はしたが、なにを食したかによって処方も変わるので、念のために訊きに来たとのことであった。

正右衛門はあわてて料理人の喜作《きさく》と、その息子で見習いの喜一《きいち》を呼んだ。料理を訊いたが、喜作は材料については十分に吟味しているし食中りを起こすはずがないと主張した。傘庵はジロリと喜作を見て言った。

「患者たちは、ひどい下痢《くだし》や嘔吐《もどし》で苦しんでおるし、場合によっちゃ命に関わったかもしれんのだから、これはやはり御番所に訴えねばと息巻いておってな」

御番所と聞いて、正右衛門と喜作は顔を見あわせた。顔が強張《こわば》り色を喪《うしな》っている。町奉行所にと言うのを、事情もわからぬまま訴えてもなんだからと、連中をひとまず鎮めて、傘庵が宮戸屋に話を聞きに来たということらしい。

出した会席料理の品や、それが食中毒を起こすはずがないとの喜作の話などを聞き終えた傘庵は、少し考えてから言った。

「連中はこんな辛《つら》い思いをさせられて黙ってはいられない、なんとしても御番所に訴えると言っておる。だが御番所に持ちこんだところで、多忙な折に食中りなんぞで手を煩わせるでない。そのようなことは、双方の相対で処理しろとなるのは見えておるのでな」

であれば示談で内済にすべきでないかと医者が持ち掛けたが、正右衛門にも奉行所が取りあわないことはわかっていた。

「旦那さま、そりゃなりませんぜ。こちらに手落ちがあったことを、認めることになるじゃありやせんか」

喜作の言葉に傘庵は、医者独特の慈姑《くわい》頭《あたま》を振りながら態度を硬化させた。

「手落ちを認めたくないのはわからぬでもないが、現に十名あまりの者がひどい食中りで苦しんでおるのだ。それに早く手を打たんと手遅れになってしまうのではないか。宮戸屋の料理を喰《く》って十何人もが腹を下し、吐きもどしたということが知れると、客が来ぬようになるのは目に見えておるからな。商売のことを考えるべきであろう」

「しかし、あっしゃそんな料理を出しちゃおりやせん」

料理人の喜作にすれば、それを認めるほど口惜《くや》しいことはない。

「おまえさんの言うのはもっともだが」と、正右衛門が喜作を制した。「病人が出たのは事実のようだし」

「ようだ、ではのうて事実ですぞ」

医者の抗議に、正右衛門は平板な、感情を押し殺した声で言った。

「傘庵先生が中に立って、話を納めてくださろうというのだ。ここは穏便にすませ、事を荒立てないほうがよい」

仕事を休んだ人もいるだろうから、見舞金として一人当たり一両出しましょうと正右衛門が言うと、傘庵は呆《あき》れ切ったという顔をして、鼻先で笑った。

「冗談ではないでしょう、宮戸屋さん。薬礼や医者の掛かりを考えりゃ、わたしは五両でも少ないと思っているくらいでね。しかし、死人《しびと》が出ておる訳ではないのだから、五両出せばなんとか患者連中を説得できるだろうと思うておったのだ。もっとも連中が納得するかどうかはわからんがな」

「五両……」

息子の喜一が傘庵を睨《にら》み付けたまま、くぐもった声を出し、拳で膝を叩《たた》いた。

交渉係である傘庵が、自分への謝礼を引きあげようとしているのは見え見えであった。それはわかっているものの、弱みは宮戸屋にある。

傘庵はかなり粘ったそうだが、正右衛門も根っからの商人《あきんど》であった。駆け引きの末に、中を取って三両で手を打ったとのことだ。

それを聞いて信吾は、激震が走った思いがした。

八町（九〇〇メートル弱）ほどしか離れていない実家でそんな一大事が起きていたとは、知りもしなかったからだ。

将棋会所と相談屋で精一杯の息子を、徒《いたずら》に心配させまいとの親心だろうというのは、わからないではなかった。信吾が知ったところで、どうできる訳でもないとの思いが強かったこともである。しかし信吾にすれば、親子のあいだでなにも黙っていることはないではないかと思う。

「それで親分さんがお調べなさるんで」

「そういう形で話が付いたなら、おれの出る幕はねえ。おれなんざ、お呼びじゃねえのよ」

いつもの権六からは考えられない卑屈さが、信吾には意外であった。

そう言われても信吾にはすっきりしないし、訳がわからない部分もある。

権六によると、江戸の町で起きる事件は定町廻りの同心と、同心が使っている岡っ引とその手下が処理しているらしい。その連中は商家などからの相談も多く、なにかと謝礼を得ることができるということだ。

定町廻りは同心の花形だが、同心にはほかにも臨時廻り、定橋掛り、本所見廻り、非常取り締まり、養生所見廻りなど、かなりの役がある。

権六のような特定の定町廻り同心から声の掛からぬ岡っ引は、同心付きの岡っ引に見張りや尾行などの助勢《すけ》を求められるとそれに応じた。また定町廻り以外の役の同心に頼まれて、調べごとをすることもある。

あるいは湯屋、髪結床、居酒屋など人の集まる場所に出掛けて、町内の噂話にさり気なく耳を傾けたりもした。そして注意深く町を見て廻り、おかしなことがあると秘《ひそ》かに調べて、問題ありと見れば注進するのであった。

それが同心の手柄に繋《つな》がれば、おこぼれに与《あずか》るということだ。

お呼びでないと権六は言ったが、信吾を駒形堂の裏に連れ出したからには、考えるところがあるのだろう。

それに定町廻り同心の供をしている訳でもない権六が、医者の傘庵が宮戸屋を訪れたことを知っているのもふしぎである。父の正右衛門が一人当たり三両の見舞金を出したと、権六は言ったではないか。よほどの事情がなければ、定町廻り同心やほかの岡っ引が、そのような事情を権六に洩《も》らすことは考えられない。

「そうしますと、親分さんはどういう関わりで」

二

「おれなんぞの出る幕はねえよ。同心の旦那とその手先に任せておきゃいい」と言い淀《よど》んだが、ややあって権六は続けた。「ま、ちと気に掛かることがない訳ではないが」

「納得できぬことがあるのですね」

「あると言うべきか、どうか」

「とおっしゃるからには、あるのでしょう」

「信吾」

「はい」

「おりゃ思うんだがよ、おめえなら良い岡っ引になれるんじゃねえか。浅吉《あさきち》なんぞ較《くら》べ物《もの》にならぬくらいのな。もっとも、あいつと較べたってしょうがねえが」

浅吉は権六が面倒を見ている、どことなく鈍いところのある手下だ。

「それより、将棋会所とよろず相談屋がおもしろくって、御用聞きなんぞやる気は微塵《みじん》もねえわな」

「さきほどの、気に掛かること、とおっしゃいますと」

権六はまじまじと信吾を見て、ニヤリと笑った。

「話を逸《そ》らそうとしたが本筋を外さねえな。どうでえ信吾、本腰を入れて御用聞きにならねえか」

「ずるいですよ親分さん、そう言いながら逸らすんだもの」

権六は苦笑した。

「なに、おれの腹の虫が騒いだってだけのことだが」と、そこで間を取ってから権六は続けた。「宮戸屋は会席と即席の料理屋だが、会席の場合は予約をせんと受け付けねえのではないのか」

「はい。材料の仕入れなどもありますし」

会席は趣味や親睦などの集まり、商売上の接待、さまざまな打ち上げなどで、多人数が集まって料理と酒を楽しむ宴席である。季節やその集まりに応じて料理の組みあわせを考えるので、材料の手配などもあって、ちゃんとした料理屋は予約でなければ受け付けない。

即席のほうは、季節に応じて料理人が工夫して考えた料理の中から、客が適当に選んでその場で註文《ちゅうもん》するので予約は不要であった。

「傘庵って医者は町内の若者組と言ったとのことだが、若者組にしろ個人にしろ予約した者がいるはずだ」

「親分さんから父に訊いてもらうのが、一番いいのではないですか。患者に関した微妙な事柄も訊きだせるでしょうし」

「だから言っただろう、おれの出る幕はねえって。ちょっとした訳があって、蚊帳《かや》の外だからな」

「そういうことでしたら代わりに訊いてみますが、申しこんだ者がだれかわかればいいのですね」

「恩に着るぜ。ああ、それとな、その日はほかに会席の予約があったかどうかも、訊いてもらえるとありがてえ」

「わかりました。ただ父に訊くからには、多少の事情がわかっていませんと、なにか訊かれたときに答えることができません。中途半端な受け答えをしていると、お客さんに関する仔細《しさい》ですから、父も簡単には話してくれないでしょう」

「もっともだ。さすが商人だ。名門老舗料理屋の倅《せがれ》だ。いよッ、音羽屋《おとわや》ぁ」

「親分さんから、そんな掛け声をいただけるとは思ってもいませんでしたが」

「で、多少の事情とは」

「厄介なことに巻きこまれて、とんだ災難だとおっしゃいましたが、食中りのことはほとんどの人は知りませんね。親分さん、父、料理人の喜作と喜一親子、お医者の傘庵先生と患者さん。それだけです。ほかにいるかもしれませんが、いたとしてもほんのわずかでしょう。少なくとも駒形のお客さんは、だれ一人ご存じではないはずです」

知りながら席亭を心配させてはいけないと黙っているのだから、「駒形」の客はやさしいと言った権六の言葉を、頭から否定することになる。しかし権六は怒らず、むしろおもしろがっているふうでさえあった。

「ほほう。なんでそう思う」

「親分さんが駒形にお見えのおり、どなたも普段どおり挨拶していましたが、もし食中りのことを知っていて、そこに親分さんが現れたら顔を強張らせる人がいたはずです。将棋を指していても、勝負手とか指しまちがえたときに、正直に顔に出す人がほとんどですからね、駒形のお客さんは。それがいませんでした。ということは、お客さんはだれもご存じでないはずです」

権六はなにも言わず、じっと信吾を見てちいさくうなずいた。

「てまえから父に訊いてもらいたいことがあるとおっしゃったからには、傘庵先生や患者さんのことを父から聞いたのではないでしょう。それなのに、見舞金が三両に決まったことをなぜご存じなのか。そこがてまえには、どうにも納得がいかないのです」

権六はジロリと信吾を見てから、川面《かわも》に目を移した。

信吾は視界が暗くなったような気がした。雲が太陽を隠したため、対岸の桜並木の青葉が輝きを失い、川面の陽光の反照が急に弱まったのだ。

権六の渾名《あだな》はマムシだが、その由来となったのは左右に開いたちいさな目であった。顔が巨大で顎が張っているだけに迫力がある。目の光が冷たいので、睨まれると大抵の者は震えあがってしまうだろう。

そのマムシの権六がニヤリと笑ったが、笑ったほうが無気味な面相であった。

「そこまで見透かされてりゃ、ごまかしは利かねえなあ」

権六が宮戸屋から出て来た医者の傘庵を見たのは、午後の八ツ半（三時）すぎであったそうだ。

宮戸屋が客で混むのは四ツ（午前十時）から八ツ（午後二時）と、夕刻の七ツ（四時）すぎから五ツ（八時）であった。

夜の閉店が早いのは、江戸見物の団体客が多いからだ。そういう連中は、あとは旅籠《はたご》にもどってから飲み直すようである。

地元の客は美味《うま》い物を喰ってから、手近な場所にある新吉原《しんよしわら》に繰りこむことが多い。

見世にすれば、昼と夜の谷間という時刻である。権六が宮戸屋のそのような事情を知っているとは思えないが、傘庵のようすからして昼間の客というふうでないのはわかったのだろう。しかも傘庵は含み笑いというか、なにか企んでいるような妙な顔をしていたとのことである。

「それでおれの腹の虫が騒いだのだが、幇間《たいこ》医者ってわかるか」

「病気を治すよりも、酒の席でご機嫌を取るのを得意としている医者ですね」

「藪《やぶ》医者よりタチが悪い、べんちゃらで生きてるインチキ医者だ」

「傘庵先生がその」

「おタイコ医者の見本のようなやつでな。金持に腰巾着のようにくっついて世辞を言い、小遣いをもらっている傘庵が、客のお供ではなくて一人で宮戸屋から出て来た。となるとあるじの正右衛門さんに、よからぬことを持ち掛けたのではないかと勘繰るのが、岡っ引根性ってもんだ」

それが腹の虫が騒いだということらしい。

もっともらしく、「病んだお方はわが傘の下にまいられよ。かならず治して進ぜようとの意味を籠めて名前にしましたのじゃ」と本人は言っているらしい。いかにも腕がよくて信頼できる慈悲深い医者のようだが、耳に入るのは碌《ろく》でもない噂ばかりだと、権六は吐き捨てた。

高価な薬を使ったことにし、薬代が払えぬと言う患者に、娘を女郎屋に売らせて払わせたとか、遺産相続で争っている兄弟の兄が、傘庵の治療を受けてほどなく急死したとか、そんな噂がいくつもあるらしい。

火のない所に煙は立たぬというから、金が絡めばなんだってするというのは、あるいは本当かもしれないのである。

「ですが親分さんは、傘庵先生が三両の見舞金で手を打ったことを、父にお訊きになった訳ではないですね」

「信吾はどう思うか知らんが、いろいろと事情もあってな」

　権六親分、歯切れが悪くなった。

　江戸の町はいくつかの区画に分けて、南北の町奉行所の定町廻り同心が、受け持ちの区域を雨の日も風の日も廻っている。供は御用箱を担ぐ中間《ちゅうげん》が一人、岡っ引とその手下が二、三人ということが多い。

　総勢五、六人で各町の自身番屋を順に廻るのであった。

　同心は番屋のまえに立って声を掛ける。

「番人、町内に何事もねえか」

「へえ、ございません」

　その返辞を聞くと次の町の番屋に向かう。

　町内の争いごとが持ちこまれることもあれば、コソ泥を縛って板間に転がしてあると か、ときには殺人事件に遭遇することもあった。その都度、機敏に処理をしなければならないのである。

　一人の同心がおなじ区域を長く廻っていると、住人と親しくなってつい狎《な》れあいになることがあった。それで一定の期間で、順繰りにしてゆくとのことだ。

現在、この地域を担当しているのは、北町奉行所の定町廻り同心若木完九郎《わかぎかんくろう》と御用聞きの玉吉《たまきち》であった。

権六は宮戸屋がほかならぬ信吾の実家であることから、慎重にことを運ぶことにしたそうである。

「恥を話さにゃならんが、いざという場合にちゃんと対応するには、おれっちは駒不足なのよ」

いつになく歯切れが悪く感じたのは、信吾にどこまで話すか迷っていたからのようだ。そのこと自体が権六らしくないが、なぜなら信吾に弱みを見せたことなどなかったからである。

信吾と親しくなって手柄を挙げるまでは、権六は大した成績を残していない。目明し、御用聞きとは名ばかりで、なにかと因縁を付けては小銭を掠《かす》め取るような、町内の嫌われ者であった。

そのため「ぜひ手下に」と慕って来る若い者はいなくて、養える手下は愚図の浅吉一人きりであった。なにかあった場合には、ぶらぶら遊んでいる若い連中に、一時凌《いちじしの》ぎ的に手伝わせていたとのことだ。

ところがここに来て、浅吉以外に二人の若者を連れ歩くようになった。

権六が評判をあげたので、憧れて手下になったのだろう。

権六はあちこちの商家から相談を持ち掛けられるようになり、こじれにこじれていた問題が、なんとも凄《すご》みのある顔であいだに入るだけで収まったということが、けっこうあるとのことだ。そのため謝礼がそこそこ入り、若い者の面倒を見ることができるようになったのである。

「しかしこれから教えなきゃならんので、使いもんになるのは何年か先だろうぜ」

そのような状態ということもあり、動けるのは親分だけで子分は役に立たない。権六一人だけが動いても中途半端なことになるのは目に見えている。そう思って、同心の若木に従ってこの辺りを廻っている玉吉に話を持ち掛けた。

傘庵という怪しげな医者が宮戸屋から出て来るのを見たが、どうもあるじに難題を吹っ掛けた可能性が高い。だから正右衛門に当たって、困ったことになっているようなら、力になってもらいたいと頼んだのであった。

権六が玉吉に出した条件は、正右衛門との遣り取りをなるべく詳しく教えてもらいたい、との一点である。

ゆえに権六は、正右衛門と傘庵の遣り取りを、見てきたように信吾に話せたのだ。

「ようやく事情がわかりました。でしたら親分さん、『駒形』の仕事が終わってからになりますが、今夜にでも訊いておきましょう。玉吉親分が父に聞いた話はこうですね。まず傘庵先生が、御番所に訴えても取りあげてもらえず、相対で話を付けろとなるはずだと言って若い患者たちを説得しました」

「ああ、そういうことだ」

「そして父も納得して、傘庵先生と見舞金三両で手を打ちました。北町奉行所の若木さんとおっしゃる同心の方の下で働いている玉吉親分が、そのことを権六親分さんに話しました。ということですね」

「そうだ」

「とすれば、すべては決着。今さら動かしようはないのではないですか」

「まず、だれが考えたってそうなるだろう」

「でしたら、予約した者がだれか、ほかの会席料理の宴席があったかどうかを父にたしかめても、意味がないように思いますが」

「信吾の言うとおり」

「ですから」

「おれの勘だが、このままですまないという気がしてならんのだ。もしも裏があれば、だれがなにを企んだかを、突き止められそうな気がするのよ」

左右におおきく離れた二つのちいさな目の奥に、信吾は一瞬、燃える火を見たような気がした。

三

　権六に頼まれて引き受けはしたものの、いざとなると簡単ではないことに信吾は気付かされた。つまり食中毒を起こした会食の申込者の名と、その日ほかに会食をした団体客があったかどうかを調べるという点が、である。

　父に会って訊き出せばすむ問題だと考えていたが、それほど簡単でないと思い至った。父の正右衛門は、その件について知っているのは、自分と医者の傘庵、料理人の喜作と喜一の親子、そして傘庵が診た患者だけだと思っている。それなのに信吾が知っているとなれば、すでに世間に知れ渡っているのだと勘ちがいして、恐慌に陥るかもしれない。

　しかし食中毒のことを抜きにして、予約者とほかの会食団体の有無を訊くことはできないのである。当然、なぜそれを信吾が訊ねるのかと疑問に思うはずだ。

　となると、いかに切り出すかが難しいし、慎重にならざるを得ない。

　弟の正吾《しょうご》を呼び出して訊き出そうかと思ったが、これまた不審に思われそうだ。家族が将棋会所「駒形」に来ることはよくあるが、信吾は仕事の関係などでなければ、宮戸屋に出向くことはほとんどなかった。

一体どういうことだと、正吾はともかく父が、場合によっては母や祖母がおかしいと思わぬ訳がない。

もし呼び出せたとしても、正吾が食中毒のことを知っているとはかぎらないのである。父が不安にさせてはならないと思い、自分だけで解決しようとして話していないことは十分に考えられた。

正吾が知っていれば、当然だが教えてくれるだろう。知らなくても、家族や料理人に気付かれずに調べてくれるかもしれない。

だが知らない場合は問題がある。信吾が家を出たために、正吾が宮戸屋を継ぐことが決まっている。自分の継ぐ料理屋が食中毒患者を出したというだけでも、心穏やかでいられないはずだ。

それが早晩世間に知られるかもしれないとなれば、不安を通り越して恐怖に襲われるに決まっている。

となると、やはり正面から父にぶつかるしかないだろう。しかし与える衝撃がちいさい訳がない。正右衛門にすれば、家を出て独立した長男が知っていること自体が、考えられぬことだからである。

信吾がなぜそれを知っているか不安を与えずに伝えるためには、権六親分のことから話さなければならない。最近になって認められてはいるものの、それまでは町内の嫌われ者の、ダニにも等しい存在だったのだ。権六がおおきく変わったことをわかってもらうことさえ、困難なはずであった。

通い女中の峰《みね》が作ってくれた食事をすませると、信吾は小僧の常吉に将棋を教えた。そして常吉が寝に就いてから、四半刻《しはんとき》（約三〇分）ほど待って宮戸屋に向かったが、着いたのは五ツ半（九時）ごろである。

五ツになると宮戸屋では客を送り出し、奉公人たちが後片付けをする。それが終わると通いの奉公人は着替えて帰り、住みこみの者は部屋に引きあげた。

大戸は閉められているので信吾は、潜《くぐ》り戸《ど》から入った。ほのかな灯《あか》りがともっているだけで薄暗く、奉公人の姿はなかった。

「信吾ですが」

夜分なので控え目に声を出した。

聞こえなかったのかと、もう一度言おうと思ったとき、土間を進んで来る足音がした。中暖簾《なかのれん》から顔を出したのは母の繁《しげ》である。

「おや、信吾じゃないか。こんなに遅くどうしたというの」

「ちょっと訊きたいことがあって来たのだけど、父さんはまだ起きてますか」

「訊きたいことだって」

母のうしろから父が顔を見せた。

「ええ。ちょっと長くなりますが」

正右衛門はしばらく見詰めてからうなずくと、踵《きびす》を返して土間を奥へと進む。信吾はそのあとに続いた。

居間に差し掛かって信吾を見たが、ちいさく首を横に振ったので、正右衛門は繁に奥の離れ座敷に行灯《あんどん》を持って来るようにと言った。

離れ座敷に入って二人が突っ立っていると、すぐに母が行灯を提げて現れ、それを置くと座蒲団《ざぶとん》を少し離して敷いた。

「母さんと正吾にも、来るように言っておくれでないか」

「わたしもでしょうか」

「当然です」

正右衛門は部屋を出ようとする繁に、茶菓も用意するようにと言った。

多分そうだと思っていたが、やはり父は家族に伝えていた。とすれば傘庵の件に関し、家族は取り敢えず静観しようということになったのだろう。ひたすら、なにごともないことを祈るしかないのだ。

うながされて信吾も坐《すわ》ったが、父が正座なのでそれに倣った。

「知ってしまったか」

父が思っていたより冷静なので安心したが、そこは商人である。内心の動揺を隠して、平静を装っているのかもしれなかった。

「はい。当然ですがだれにも洩らしてはいません」

「で、訊きたいこととは」

「問題の会席を予約した人のお名前と、あの日、ほかにも会席が設けられたかどうかを」

　正右衛門は目を見開いた。なぜその問いが発せられたかに、思いを巡らせたのだろう。そこまで信吾が知っているとは、しかも単刀直入に切り出すとは予想もしていなかったにちがいない。

　正右衛門は目を閉じると腕を組んだが、ほどなく目を開けた。

「申し込んだお方の名は藤三郎《とうさぶろう》さんと言う。浅草田町《たまち》二丁目にお住まいの竹細工職人で、袖寿里稲荷《そですりいなり》の北側にある、又左衛門店《またざえもんだな》にお住まいだ」

　信吾が名前と住まいを復唱すると、正右衛門がどういう字を書くかを教えてくれた。

　新鳥越町の医師傘庵の住まいからは、山谷堀を挟んで西側になる。山谷堀沿いに日本堤を西北西方向に進めば、ほどなく不夜城と言われる新吉原の遊郭であった。

「もう一つのほうだが、その日はほかの会席はなかった」と言ってから、正右衛門は付け加えた。「申し込みをした藤三郎さんに、若い連中が騒ぐだろうから、できればほかの宴会とぶつからない日がいいと念を押されたのだ。それでほかの予定が入っていない日にした」

「そういうこと、つまりほかのお客さんや団体客のことまで訊く人は多いのですか」

「多くはないが、ないこともないな」と言ってから、正右衛門は真剣な目で信吾を見た。

「訊きたいことには答えたつもりだが、ほかにもあるのか」

「藤三郎さんに言われて、ほかの会席がない日を教えたのはわかりましたが、即席料理のお客さんは」

「何組かあったが、予約でないので名前とか住まいまではわからん。知っている客もいないではないが」

「即席料理のお客さんで、その」

正右衛門は言い淀んだ信吾を凝視していたが、やがて言った。

「具合が悪くなった人は出ておらん。今のところは、だが」

父は抑えて言ったのだろうが、その底に持って行き場のない怒りを信吾は感じた。

「珍しいことがあるもんだね」

声と同時に祖母の咲江《さきえ》と、弟の正吾が入って来た。湯呑茶碗《ゆのみぢゃわん》と菓子皿を載せた盆を両手に、母が二人に続いて現れた。

「祖母《おばあ》さま、お変わりありませんか」

「ありませんよと言いたいところだけどね、大ありなんだよ。そのことで来たんだろ、信吾は」

「わたしの知りたいことは、父さんから伺ったばかりなんですが、それでは皆さんは納得できませんよね」

そう言ってから信吾は権六親分のことを中心に、なぜ自分が知ることになったかを、詳しく家族に語ったのである。

祖母と母は町の嫌われ者時代の記憶が強いからだろう、信吾がマムシの権六と親しいことに驚いたようだ。

「だって母さんはいつも言ってるじゃないですか。一人でも多くの人に味方になってもらえるようになさい、なるべく敵を作らないようにって」

「ええ、言いましたよ。でもねえ、だれでもって訳にはねえ」

矛盾したことを言うくらい、母は驚いたということだ。権六は嫌われ者だったかもしれないが、今では「駒形」にやって来て、駄洒落《だじゃれ》で客たちを笑わせるまでになっている。母や祖母には想像もできないだろう。

それを知ったとしても母や祖母のように、心の奥ではマムシの印象が消えない人が多いのだと思うと、権六が気の毒になった。

だから親しくなったきっかけや、家主の甚兵衛が信吾の権六の扱いに感心していたこと、権六が手柄を立てるに至った過程をていねいに話したのである。

しかし祖母や母にとっては、嫌われ者のマムシの印象がよほど強く頭に刻みこまれていたらしい。信吾の弁護にうなずきながらも、半信半疑、いやどうしても信じられぬという顔をしていた。

あるいは正右衛門は、傘庵に関するよからぬ風聞を耳にしていたかもしれない。だが父のことだから、家族に話しているとは考えられなかった。

信吾は祖母や母、特に弟の正吾を不安にさせてはならないと、権六に聞いた傘庵に関する噂については一切話さずにおいた。

すっかり話しこんだため九ツ（零時）を廻っていた。

泊まっていくようにと言われたが、朝早く相談に来る客がいるかもしれないからとの理由で帰ることにした。客はぽつぽつと増えてはいても、これまでのところ夜中や早朝に来た客はいない。

「ということで帰ります。心配を掛けまいと気遣ってくださるのでしょうが、これからは除け者《もの》にしないでくださいね」

「除け者だなんて、なんて言い方をするのですか」

「家は出ましたが長男なんだから、隠しごとはしないでもらいたいです」

「隠しごとだなんて」と、母が哀《かな》しそうな顔をした。「いっしょに住んでいたら、真っ先に相談しただろうけどね」

「だって八町しか離れてないんですよ。小僧のだれかを寄越してくれたら、すぐ駆け付けます。除け者は寂しいもの」

「信吾兄さん、これからは、なにかあったらわたしが知らせますから」

そう言われて、信吾はようやく立ちあがったのである。

真夜中なので各町の木戸番小屋で、番太に木戸を開けてもらわなければならなかった。どの番太も顔馴染《かおなじ》みなので、「帰らないで、と女にすがりつかれたみてえだな」などとからかわれ、「昔を思い出したのでしょう」と切り返し、いっしょに笑ったりした。

宮戸屋に向かうときはかなり気が重かったが、帰りの足取りはすっかり軽かったのである。

四

寝不足ではあったものの、目覚めはすっきりしていた。久し振りに、家族全員で語りあえたからかもしれない。

明るくなると信吾は鎖双棍《くさりそうこん》のブン廻しをしたが、調子がよく、いつもより少し早めに廻しても、鎖の繋ぎ目を見ることができた。

諸肌脱《もろはだぬ》ぎになり、よく絞った手拭で体をていねいに拭く。

「おはようございます、旦那さま」

「おはよう」

以前はいくら体を揺さぶっても起きなかった常吉だが、十歳のハツという女の子が祖父に付き添われて「駒形」に通うようになってから、まるで別人のように変わったのである。なんと一人で起きるだけでなく、朝飯前に算盤《そろばん》の練習や習字に励むようになったのだ。

今までのように怠けていては、ハツに嫌われると思ったのかもしれない。仕事中も、以前は気が付くと柱に凭《もた》れて居眠りをしていたのに、最近は真剣な顔をして客の対局を観戦するようになっていた。

将棋の腕もあがって、おもしろさに加速がついたようだ。

なんとか変えなくてはと思いながらどうにもならなかったのに、常吉は突然、自分から勝手に変わってしまったのである。信吾にすればうれしい誤算であった。

通い女中の峰が作ってくれた朝飯を食べ、庭にやって来たキジバトに豆をやっていると、「起きてたか」という野太い声とともに格子戸が開けられた。権六親分である。

今朝も一人のようだ。子分は浅吉と新米二人の三人がいるのだが、権六は「駒形」に姿を見せるときは、なぜか一人が多かった。

「いやー、こんなに早く親分さんが」

将棋の客は早い人で五ツだから、まだ半刻（約一時間）は間がある。それだけ信吾が父に訊ねたことを知りたかったのだろう。

小僧の常吉が茶の用意をしているあいだに、信吾は予約者の名と住まい、ほかの会席客の有無を親分に教えた。

「そうかいそうかい、ありがとな」

と、権六は子供っぽい言い方をした。

「たったそれだけでも、お役に立ちますか」

「立つかどうかわからんが、気になることがあるので調べてみるとしよう」

珍しく軽快な足取りで、常吉が茶を出すまえに親分は引きあげたのである。

ほどなく「駒形」の客が姿を見せ始めた。

「席亭さんおはようございます。常吉さんおはよう」

留吉《とめきち》と正太《しようた》が連れ立ってやって来た。ということは手習所が休みということで、子供客が多くて騒々しく、ではなかった、活気に溢《あふ》れた一日となるだろう。

「やあ、おはよう」

信吾が受けると常吉も頭をさげた。

「おはようございます」

常吉が差し出したちいさな塗盆に、二人が席料の二十文を置く。

「ありがとうございます。ではごゆっくりお楽しみください」

本当に人はちょっとしたことで、おおきく変わるものだ。以前はやっと憶《おぼ》えた挨拶を、一本調子で繰り返すのが精一杯だった常吉が、相手や雰囲気にあわせて、言葉や言い方を変えるようになったのである。

五ツ半を少しすぎたころ、格子戸が開けられると同時に、明るく華やかな声がした。

「みなさんおはようございます。席亭さんおはようございます。常吉さんおはよう」

ハツの声に一斉に挨拶が返された。

常吉が留吉との一番勝負に勝ってから、ハツは常吉さんと呼ぶようになった。すると奉公人だからと小馬鹿にしていたほかの子供たちも、「さん」付けで呼ぶようになったのである。

留吉は常吉に負けたのがよほど口惜しかったのか、真剣に将棋に取り組むようになっていた。今では三度に一度は常吉に勝てるまでに腕をあげ、それを知ってほかの子供も真剣になり、ぐんと力を付けている。

四ツの鐘が鳴ったので、宮戸屋に団体客が入り始めるころだなと思っていると、「あ、若旦那さま」と常吉の声がした。

顔をあげると、格子戸の向こうに硬い顔をした正吾がいた。

胸を弾ませている。「なにかあったらわたしが知らせますから」と、昨夜言ったばかりであった。

指導も対局もなかったので、信吾は甚兵衛に断って「駒形」を出た。

「どうした」

「き、来ました」

「傘庵先生か」

「食中りのお客さまです」

日光街道に出て右折し、北に向かう。目指すは宮戸屋である。

正吾によると、藤三郎が一人でやって来たとのことであった。正右衛門に若者組の会食を予約した、浅草田町に住む竹細工の職人である。

一人でやって来てこう言ったとのことだ。

「あれだけえらい目に遭わされたというのに、たった二両の見舞金ですまそうってのは、いくらなんでも阿漕《あこぎ》ではねえのかい。ほかのやつらも怒り狂ってるが、ともかくおれが総代で掛けあいに来た。せめて五両は出してもらわにゃ、腹の虫が収まらねえ」

傘庵は正右衛門との話しあいで、一人当たり三両で手を打ったはずである。十人ほどから一人一両の上前を撥《は》ねたということだ。

ちゃんと三両渡しておけば、連中もなんとか我慢したかもしれないのである。傘庵のほうが遥《はる》かに阿漕ではないか。

「で、父さんは断ったんだろうね。五両出すと、そういう連中は味を占めて、次は八両とか十両とか言って来るに決まってるんだ」

「断ったかどうかはわかりません」

それをたしかめぬまま、ともかく信吾に知らせなければと駆けて来たのであった。

信吾と正吾が宮戸屋に着いたとき、すでに藤三郎は姿を消していた。

見世は江戸見物の団体客で混雑し、女将《おかみ》の繁と大女将の咲江が仲居らをテキパキと指図しながら、自分たちも立ち働いている。

父の姿は見当たらなかったが、どうせこんなとき、男は邪魔になるだけだ。母が「離れ」と早口で告げたので、二人は奥の離れ座敷に急いだ。

「信吾です。開けますよ」

返辞を待たずに襖《ふすま》を開けて座敷に入ると、正右衛門は腕を組み、苦虫を嚙《か》み潰したような顔をして坐っていた。

「撥ね付けたでしょうね」

「当たりまえです。一人当たり三両の見舞金で傘庵と話が付いているし、領収書も受け取っている。これ以上出す理由はありません」

突っ撥ねてから、正右衛門は静かに藤三郎を諭《さと》したそうだ。

みなさんは傘庵先生に、言葉巧みに騙《だま》され利用されているのですよ。嘘《うそ》だと思うなら、一人当たり三両で双方が納得したので、人数分をまとめて払ったとわたしが言ったと、傘庵先生に訊いてみたらいいのです。

傘庵はまちがいなく、そんなはずはない二両だと言い張るはずだ。

「そのとき、領収書を見せてもらったと言いなさい。どう出るかで、あの医者の魂胆が見抜けるでしょう、と」

あるいはそういうことがあるかもしれないと、父は傘庵に一筆書かせていたのかも知れなかった。

「父さんならまちがいないと思っていましたが、それを聞いて安心しました。ところで藤三郎さんは、宮戸屋の料理を食べて腹を壊したなどと、見世で喚《わめ》いたりはしませんでしたか」

「おとなしく帰りましたよ。三両なのに傘庵から二両しか渡されなかったことで、頭がいっぱいだったろうからね」

「このままで、すむでしょうか」

「傘庵はああいう男だ。一筋縄ではゆかん。若い連中が言い包《くる》められることは、十分に考えられる」

藤三郎は傘庵の書いた領収書を見ているのだから、父の危惧は杞憂《きゆう》に終わるだろうと信吾は思った。

「ではわたしはもどります。手習所が休みなので、子供の客がたくさん来てますから」

そう断って信吾は「駒形」にもどったが、なんと子供客が、十代前半の若年組十一人のほかに、六歳と九歳の新顔も来ていたのである。

子供の声は甲高いので騒々しかったが、文句を言う年寄りはいなかった。それどころかだれもが活気があると、うれしそうに笑顔を浮かべていた。

信吾は何度も出入口の格子戸に目をやったが、見るたびにがっかりした。常連客ばかりで、ガニ股でいかつい顔をした岡っ引の権六が現れなかったからである。

藤三郎がなにを言い、父がいかに突っ撥ねたかを伝えたかったからだ。そして信吾が教えた、父から聞いた話をもとに、権六がいかなる成果を得たかを聞きたかったのである。

しかし権六親分は姿を見せなかった。

客たちが帰ると「駒形」は急に静かになったが、子供たちが多かっただけに、余計にその思いが強い。

将棋盤や駒をきれいに拭き清め、常吉と湯屋に行って汗を流した。もどると通い女中の峰が用意してくれた夕食を食べ、半刻ほど将棋を教えた。

その間も信吾は耳に神経を集めていたのである、権六のどことなくドタドタした足音がしないかと。

あるいは遅い時刻に来るかもしれないと思ったので、棒術や鎖双棍、そして素振りや型も中止した。いかに権六であろうと、秘かに鍛錬していることは知られたくなかったからである。

やはり権六親分は姿を見せなかった。

五

「ひ、ひどい、書かれ、よう、です、ぜ」

翌日の八ツごろだろうか、格子戸を開けて入って来た客の茂十《もじゅう》が、紙片《かみきれ》を振り廻しながら、途切れ途切れにそう言った。駆けて来たらしく、額に玉の汗が並び、肩で息をしながら喘《あえ》いでいる。

ぷーんと汗が臭った。

「両国の、ひ、広小路で、か、瓦版売りが、ね」

口角に泡を溜《た》めながら、茂十はなんとかそう言った。

信吾は一瞬でなにが起きたか察したが、まさかとの思いであった。あるいはと予測はしていたものの、これほど早いとは考えてもいなかったのだ。

「常吉、茂十さんに洗足盥《すすぎだらい》を出してあげなさい」

「へーい」

足が埃《ほこり》だらけだからだろう、茂十は上《あ》がり框《がまち》に体を捩《ね》じるようにして斜めに坐ると、瓦版を畳の上に拡《ひろ》げた。

ただならぬ気配に、客たちが集まって覗《のぞ》きこみ、口々に読み始めた。

「名門の誇り地に落ちる、だって。どういうことだい」

「老舗の料理屋であわや死人が。えッ、えッ、えーッ」

「口封じに雀《すずめ》の涙の見舞金」

何人もが声に出して読むので錯綜《さくそう》しているが、どういう内容かは察せられた。

江戸見物の人に最も人気のある金龍山浅草寺《せんそうじ》、その門前に拡がる広小路に面した西側の東仲町。そこに店を出す会席、即席の老舗料理屋の宮戸屋で、十二人もの食中り患者が出て、下痢《げり》と嘔吐《おうと》で七転八倒の苦しみを味わったとのこと。

病人のほとんどは浅草の田町と新鳥越町の若い人で、担ぎこまれたのは新鳥越町二丁目の医者占野傘庵宅である。

患者の衰弱の激しさに驚いた傘庵先生が、出した料理のことなどを訊きに宮戸屋のあるじ正右衛門を訪れた。ところがあるじは、わずか一両の見舞金を出しただけで、あとは頬被《ほおかむ》りを決めこんだ。

あまりの誠意のなさに怒り心頭に発した患者と傘庵先生は、とても我慢がならず、世間の人に訴えて是非を問うことにした。

それがこの瓦版でござい、ということだ。

以上があらましで、正右衛門が一人当たり三両を渡したのに、傘庵が患者に二両しか渡さなかった、などということはどこにも書いてない。そのため「一両の見舞金で頬被り」が、強く印象として残る。

江戸の土産話として、宮戸屋で会席料理を食べたことは、国に帰ると大威張りで自慢できるほど知られていた。

宮戸屋は名声に胡坐《あぐら》をかき、どうせ田舎者に味のことなどわかるまいと手抜きしたにちがいない。その驕《おご》りが今回の大惨事を招いたもので、とばっちりで腹を壊した江戸の若衆こそいい迷惑である、と決めつけていた。

会所の客たちが夢中になって読んでいるあいだに、常吉が用意した盥で足を濯《すす》いだ茂十は、手拭で拭うと座敷にあがった。

おおよそ目を通した客たちが、改めて茂十に目を向けた。ようやく動悸《どうき》も治まったようで、普通に喋《しゃべ》ることができた。

「瓦版売りが、浅草の老舗料理屋の宮戸屋でと、声を張りあげてるのでびっくりしてね。宮戸屋といや席亭さんの実家じゃねえですか、それで思わず買ったって訳ですが」

「それにしても無茶苦茶だ」

「瓦版売りは買ってもらわにゃ商売にならないので、なんとか気を惹《ひ》こうと、派手に、大袈裟《おおげさ》に、あることないことをもっともらしく書きますから」

「宮戸屋さんはご存じだろうか」

「当然、浅草の広小路にも瓦版売りが出てるはずですよ。知らぬ訳はないと思いますがね」

「席亭さん」と、甚兵衛が言った。「万が一ということもあるでしょうから、宮戸屋さんにそれをお見せしたほうが」

「そうですね。ひとっ走り致します」

信吾がそう言うと、茂十が瓦版を折り畳んで渡した。甚兵衛を見ると、万事心得てますとでも言いたげにうなずいた。

客たちに軽く頭をさげると、信吾は雪駄を履いて格子戸から出た。

傘庵が食中毒を材料に脅迫し、父の正右衛門から一人当たり三両の見舞金をせしめたと知ったとき、信吾は烈震が走ったように感じた。

だがそれが烈震なら、瓦版の衝撃は激震と言うしかない。

「そりゃないよ」

足早に宮戸屋に急ぎながら、信吾は思わず声に出していた。

ほとんど変化のない日々を繰り返している江戸の民は、鵜《う》の目鷹《たか》の目で変わったことを探して、なにかあればそれに飛び付く。宮戸屋が老舗で知られているだけに、恰好《かっこう》の話題になるだろうと思うと胸が塞いだ。

気が急いて、信吾はいつしか小走りになっていた。

宮戸屋が近付くにつれて知りあいも多くなる。さり気なく目礼を交わすが、目を伏せ、顔を硬くする人もいた。やはり大抵の人が知っているようだ。

暖簾を潜って見世に入ったが、閑散としている。丁度昼間の客たちが帰ったところだろうが、それだけではないとわかる。

土間と座敷の境で敷居に腰をおろし、前垂れに手を包んでぼんやりしていた奉公女が、信吾に驚いてピョコリと立ちあがった。あわててお辞儀をするその動きが、まるで操り人形のようであった。

中暖簾を潜ると墨の匂いがした。板の間に坐った父が筆を手に紙片をまえにし、右前方に墨の磨《す》られた硯《すずり》が置かれている。どうやら書き終えたところらしい。

お客様各位
　誠に勝手で申し訳ございませんが
しばらく休業させていただきます
　　　　　　　　宮戸屋

とある。

正右衛門が焦点のあわぬような目で信吾を見て、弱々しい笑いを浮かべた。瓦版を見せるまでもないようだ。

「じたばたしてもしかたがない。嵐が通り過ぎるのを待つしかないだろう」

言葉に窮していると、背後でおおきな声がした。

「ごめんください。和泉屋《いずみや》ですが」

蔵前にある旅籠から来た使いのようだ。

「はい。只今《ただいま》」

正右衛門は信吾に目で待つように指示すると、履物を履いて出入口に向かった。板の間で待つことにしたが、声がおおきいので遣り取りが筒抜けである。挨拶のあとですぐに用件に入り、予約していた何日と何日の会食を取り消したいとのことだ。江戸見物の団体客の場合、ほとんどが旅籠を通じての予約となる。食中毒の患者が出た以上、当然だろうが、旅籠は宿泊客の健康を考慮して取り消すしかない。和泉屋とは長い付きあいということもあって、双方で「誠に申し訳ない」を繰り返し、やがて父がもどった。

「軒並み取り消しでな」と、正右衛門は臨時休業の紙片を顎で示した。「即席料理の客はあるかもしれんが、悪あがきしては却《かえ》って評判を落とすのが目に見えている」

土間から板の間にあがると、正右衛門は胡坐をかいた。いつもなら板の間であろうと、正座して膝を崩すことのない父だけに、いかに平常心を喪っているかがわかった。

そっと母と祖母がやって来て、こちらは静かに正座した。昨夜、遅くまで語りあったときとは打って変わって、二人とも気の毒なくらいやつれている。

宮戸屋は昼間に関しては、四ツから八ツまでが忙しい。今日も途中までは会席の団体客や、即席料理を楽しむ客で賑《にぎ》やかだったとのことだ。

ところが後半になって、瓦版を見た旅籠から取り消しの連絡が入り、食中毒患者を出したのを理由に断るところもあった。たちまち客が落ち着きをなくし、食べ終わるなり逃げるように帰るかと思うと、料理を残して出てしまう客さえいたそうだ。

正吾が繋のうしろに坐った。若いだけに動揺を隠せぬようである。

「信用というものは、築くには長い年月が掛かるが、喪うときは一日ですべてを失《な》くしてしまうものだ」

「どうするつもりだえ」

祖母が静かに言ったが、正右衛門の心構えを問うているのは信吾にもわかった。

「休業は止《や》むを得ないでしょう。再開がいつになるかわかりませんが、奉公人に罪はありませんから、全額とはいきませんが、それまで給銀は払い続けます」

正右衛門は家族の顔を次々とたしかめるように見て、きっぱりとそう言った。だれもが緊張した面持ちのままうなずいた。

辞める者もいるだろうが、それは致し方ないことである。宮戸屋の立て直しに加わりたいという奉公人には、連絡先を訊いておいて目処《めど》が立てば知らせることにする。そのあいだほかの仕事をしても宮戸屋としては口出ししないし、新たに始めた仕事に移りたいならそれも認めざるを得ない。

それが正右衛門の考えであった。祖母の咲江が満足げにうなずいた。

「それが真っ当な商人というものです。であれば早いほうがいい。今夜にも全員を集めて明らかになさい。うろたえている者もいるようだから」

「はい、そのつもりです」と、正右衛門が言った。「喜作と喜一には、今夜は見世の者だけの会席だから、存分に腕を揮《ふる》うように言っておきました」

「父さん」と、信吾は黙ってはいられなかった。「あるお大名家から相談料としていただいた百両を預かってもらってますが、あれを今回のことで使ってください」

「信吾が心配しなくても、これくらいのことで土台が傾くほど宮戸屋はヤワではない。気持だけはうれしくもらっておくが、あれはおまえが相談料としていただいた対価だ。自分のために使いなさい」

「ですが」

「信吾、ありがとね」と、母が言った。「でも、お父さまのおっしゃるとおりになさい」

母にまで言われては、それ以上主張する訳にいかなかったが、いざとなれば使ってもらうことにしようと、信吾は心に決めた。

「六ツ（六時）から内輪の会席を始めるから、常吉を連れておまえも顔を出すように」

「え、わたしもですか」

「当然です。信吾は将棋会所と相談屋のあるじではあるが、そのまえに宮戸屋の一員だからね。今宵の宴は宮戸屋の身内だけ、家族と奉公人のみで、他人は一切容《い》れずに親睦を図るつもりだ。宮戸屋の結束の強さと、底力を見せねばならん」

信吾は父正右衛門を惚《ほ》れ惚《ぼ》れと見直した。これでこそ自分の父親だと、その不屈の面魂を目蓋に焼き付けた。

休業案内の貼り紙を書き終え、信吾を見て弱々しい笑いを浮かべたのが正右衛門なら、たった今、力強い宣言をしたのも、やはり正右衛門なのだ。

「父さん、母さん、そして祖母さまと正吾」と、信吾は言いながら板の間の紙片を示した。「丁度、墨も乾いたようです。これをみんなで、五人で表に貼り出しましょうよ」

「それがいいわね」と、祖母の咲江が声を弾ませて言った。「再出発に一番ふさわしい儀式ですよ。茨の道を乗り切るためにも、ぜひとも全員でそうしなければ」

六

「おやおや、しばらく休業いたします、ですかえ。お気の毒なこってすな。ま、身から出た錆《さび》だから、しょうがありませんが」

宮戸屋が内輪だけの会席を設けた翌日、昼下がりにやって来た医者の占野傘庵は、表の貼り紙を見たからだろう、なんとも嫌味な言い方をした。顔が赤いのは、昼間から聞こし召しているためだ。

夕刻になって、正吾が「駒形」に報《しら》せてくれたのである。

先日、藤三郎が宮戸屋に文句を言いに来たときは、駆けて来たため息を弾ませていたが今回は落ち着いていた。わざわざ話すほどのことでもありませんが、一応お報せしておきますとの口調であった。

前日の会席の宴で、父の正右衛門が家族と奉公人をまえに落ち着いて話したこともあり、見世を引き継ぐことになっている正吾も、腹を括《くく》ることができたのだろう。

傘庵は皮肉を言いに来たのではない。出された茶を飲みながら口を開いたが、だからこそ、瓦版で書き立てられた翌日にやって来たのだとわかった。

「わたしが一肌脱いでもよろしいが。なに今のうちに手を打ちゃ、まだまだなんとでもなります。どうだね、十両で片を付けてあげよう。安いもんだと思うがな」

言われた正右衛門はにこやかに受け、笑顔で答えた。

「てまえどものことにそこまで気を遣っていただいて、まことにありがたいことでございます。ただこの時刻には、多くの患者さんが先生の来診を待っておられるはずです。どうかてまえどものことよりも、病で苦しんでいる先生の患者さんを楽にしてあげてくださいますように」

正右衛門はおだやかに、だがきっぱりと突っ撥ねた。「待っておられるはずです」に、まともな医者なら酒なんぞ飲んで、御託を並べてなんぞいないでしょうとの皮肉をこめたのだが、インチキ医者は気付かなかったかもしれなかった。

なぜなら傘庵は未練がましく危機感を煽《あお》りながら、ここは自分に任せるしかないのではないかと繰り返したからである。

しかし遂《つい》には諦めたようだ。

「あとになって後悔するのは見えておるのだがな。そのときになって悔やんでも遅いですぞ」

捨《す》て台詞《ぜりふ》を残して宮戸屋を出たが、その後ろ姿を見送って正右衛門は苦笑した。

「瓦版に出てしまった以上、今さらあの男になにができる。弱みに付けこんで、いくらかでも出させようとの魂胆は見え見えだ。まともな医者が、こんな時刻に赤い顔をしてる訳がありません」

覚悟はしていたものの、現実は厳しいものであった。

前夜、正右衛門は家族と奉公人に、次のように話したのである。

なるべく早く再開したいとは思うが、いつになるかはわからない。ただ奉公人には罪はないので、その間の給銀は払います。もっとも仕事がないのだから全額とはいかないが、七割はお出ししましょうと言明したのである。

もちろんそれではやっていけないだろうから、宮戸屋に復帰するまでのあいだはほかで働いてもらうのは自由だし、新たな仕事に就いてもらってもかまわない、と付け足した。

会席は一刻半（約三時間）ほどで終わった。

家族だけになると、正右衛門は自分なりの見通しを話した。

食中りの影響はおおきいし、再開しても苦労が並大抵でないのはわかっている。奉公人の三割、場合によっては半数、いやそれ以上が暇《いとま》を取るかもしれない。だがどうなろうと割り切って甘受するしかないのだ。

ものは考えようである。

全員が残って、しかも再開がいつになるかわからぬとなれば、その間の給銀は七割であろうと相当な額になる。だがその場合は比較的早く再建できるだろうし、有能な奉公人がそのままだから早く立ち直れるだろう。

また人が減れば減ったで、出費は少なくなるので負担は減る。その分、再建には期間が必要となるということだ。規模がちいさくなるので、地道に努力し、少しずつ信用を得ていくしかないからである。

正吾に引き継いでもらうのは予定していたより先になるが、なんの不安もなくやって行けるよう、どんなことがあろうと基礎をたしかなものとしておくつもりだ。

それが正右衛門の考えであり、覚悟でもあった。

信吾の営む将棋会所「駒形」の客にはおおきな影響はなかったが、それでもいくらか客足は遠《とお》退《の》いた。

宮戸屋が休業に入っても、信吾はそれまでとなんら変わることなく振る舞うように努めた。客の多くは同情こそすれ、食中毒の一件で非難する者はいなかったのである。しかし事情を知っているだけに、信吾の顔を見るのが辛いとか、どうしても気を廻してしまうので、その辺りを負担に感じる人もいたかもしれない。

信吾にとって気懸かりだったのは、権六親分が姿を見せないことであった。

それまでも十日か半月に一度くらいの割であったので、特に気にするほどのことではない。だが食中毒となった問題の会席の申込者と、その日ほかにも会席があったかどうかを父に訊いて伝えておいたのである。

それに関して権六は調べているはずなので、その結果を、できればなぜ調べようとしたかも含め、信吾は知りたかったのだ。

ところがガニ股のため体を左右に揺らしながら歩く権六は、一向に姿を見せなかった。申込者が藤三郎で、その日はほかに会席がなかったことがなにを意味するかを、信吾はかれなりに考えた。だが、権六がなぜそこに目を付けたかには、どうしても辿《たど》り着くことができない。

ひと思いに藤三郎に会ってみようかとも思ったが、ただ漠然としたままではなにも訊き出せないだろう。それよりも権六はすでに接触しているはずなので、ここで信吾が動けば、いたずらに藤三郎を警戒させるだけになる。

もどかしくてならないが、動くに動けなかったのである。

正吾がそれまでよりも顔を見せるようになったが、むりもないだろう。宮戸屋が休業しておれば、そうでなくても父のもとで見習い修業している正吾には、すること、しなければならないことはかぎられてしまうからだ。

仲間にも、それまでとおなじ状態で接することはできないにちがいない。料理屋としては致命的な食中毒を出したことで、離れて行った者もいるはずだ。そうでなくとも、相手に気を遣われると、若い正吾には負担にならぬ訳がない。

そんな正吾が自然に話せるのは、兄の信吾しかいないのである。

身内の会席から十日ほどして姿を見せた正吾は、奉公人のその後について報告したが、なんと一人も暇を取らなかったとのことだ。どうやら、正右衛門が正直に打ち明けたことで、どうせ働くならこの旦那さんのもとでと思ったらしい。奉公人の一人が、料理人の喜作にそれとなく打ち明けたとのことであった。

「で、正吾はどう思う」

「父さんは凄いなあ、と思いました。わたしも父さんのような商人になりたいです」

「その気持はよくわかる。だが、奉公人の全部がそう思っているとはかぎらない」

「えッ、どういうことですか」

「ほかで働きながら、七割の給銀がもらえるのだからね」

「はい、父さんがそう約束しましたから」

「宮戸屋が仕事を再開しても、食中りが尾を引いて、それまでとは較べものにならぬほど商売《あきない》は厳しくなる。それはだれにもわかっているだろう。となると、そのときになって全員が宮戸屋にもどるとはかぎらない。新しい仕事に就いて、給銀をもらいながら、宮戸屋から七割がもらえるのはおおきい。もらい得だと思ってる者もいるだろうからね」

若い正吾には、兄の言葉は相当にきついものであったはずだ。商いの厳しさと、自分の甘さを指摘されたも同然だからである。

「そう深刻に考えるほどのことでもないんだよ。どうなるかはわからないから、どうなってもいいように、商人はあらゆることを考えておかなければならないということなんだ」

「兄さんは凄い」

信吾は言下に打ち消した。

「凄かない。そんなことはだれだってわかることだ。ただね、正吾」

「はい。兄さん」

「そのとき残る奉公人は、宮戸屋にとって宝物だよ。正吾が見世を継いだとき、おまえを支えてくれるのはそういう人だからね。大事にしないと、見限って離れて行くはずだ」

正吾は黙ってしまった。胸の裡《うち》をさまざまな思いが駆け巡っているのだろう。だから信吾も黙って待つことにした。

「兄さん。信吾兄さん」

「ん？　どうした改まって」

「兄さんは、わたしが言ったことを憶えてらっしゃいますか」

「突然なにを言い出すのだ。正吾の言ったことなら、なんだって憶えている」

「宮戸屋は兄さんが継ぐと思ってました。わたしはこの商売がとても好きなので、修業を重ねて自分の見世を出し、信吾兄さんと兄弟で競いあえれば、どんなにいいだろうかと夢に見てたんです」

「忘れる訳がなかろう。あんなにうれしかったことはなかった。これで正吾に任せられると思ったからだ」

「今ね、宮戸屋が大変なことになったでしょう。でもね、わたしは思ったのですよ。大袈裟だと笑われるかもしれませんが、これは私に与えられた好機なんだと。これを乗り切りさえすれば、わたしは一人前の商人になれるかもしれないと」

「かもしれないじゃないよ。絶対になれる。正吾ならなれぬはずがない」

信吾は思わず弟の手を取った。手を握り、何度もおおきく振ったのである。

七

「無沙汰だなあ、信吾」

言いながら権六が格子戸を開けて入ってきた。

いつもの決まり文句「また来たぜ」とちがうのは、半月振りというよりも、葉月に月が変わったから、久し振りとの思いが強かったのだろう。葉月は葉落ち月の略だが、そうなるのはもっと先である。

うしろに連れらしい男がいたが、商人とも職人とも、また町方の者とも思えぬ、得体の知れない男であった。目が鋭く、どことなく陰気な雰囲気を全身にまとっていた。

秋晴れが続いていたが、あいにく雨になってしまった。

権六と連れの男は、竹皮笠《ばっちょがさ》の紐《ひも》を解《ほど》き、続いて合羽を脱いだ。小雨だからだろう、紙に桐油《とうゆ》を塗って乾かした桐油合羽を羽織って来たのだ。

小僧の常吉が受け取って壁の釘《くぎ》に掛けようとするのだが、ちいさいので届かない。連れの男が黙ったまま、権六の分も釘に掛けた。権六は肩幅も胸の厚みもあるのだが、小柄な上にガニ股なので届かないのである。

「すぐ洗足盥をお持ちします」

常吉が言うと権六は、汚れてる訳ではないので、乾いた雑巾があればそれでいいと言った。

「奥の六畳間に願います」

二人が足を拭き終わると、信吾はそう言って先に立った。

この家は八畳と六畳の表座敷と奥に六畳間、そして板間と常吉の寝起きする奉公人部屋になっている。

将棋会所「駒形」は表座敷でやっているが、混んでくると板の間に座布団を敷いて使っていた。それでも満席になると奥の六畳間を使ったが、その部屋は本来、信吾の寝室を兼ねた居室であった。

よろず相談屋の客は奥の部屋で応対するが、人によっては宮戸屋の離れ座敷を借りたし、舟で大川に漕ぎ出したこともある。

雨催《あまもよ》いからやがて降り出したので、客は普段より少なかった。

奥の六畳間で三人が座を占めると、すぐに常吉が茶を出した。

「天眼《てんがん》さんとおっしゃる」

権六に紹介されたので、信吾は深々と頭をさげた。

「信吾と申します。年若ではございますが、将棋会所とよろず相談屋のあるじでございます。よろしくお願いいたします」

天眼は「うむ」と言ったきりである。

「信吾に訊くが、天眼さんは何者だと思う」

天眼に対し随分と失礼な問いだが、権六とはそういう間柄なのかもしれなかった。

「物書きの先生ではないでしょうか」

「こういう男でさ。なかなか鋭いでしょう」と権六は天眼に笑い掛け、続いて信吾に訊いた。「なぜにそう言える」

「右手中指の先に筆胼胝《ふでだこ》がおできなので、そうではないかと。よほど字を書いてらっしゃる方でないと、そこまで盛りあがらないと思いまして」

「いい目明しになれると思うのだが、残念ながら本人にその気がまるでねえ」と権六は天眼に、それから信吾に言った。「瓦版書きの先生でな。例の、口封じに雀の涙の見舞金、の」

「えッ、えーッ」

思わず叫びかけ、あわてて口を塞いだ。

「許せ。権六に言われるまで、医者の申すことを信じておったのだ」

浪人か貧乏御家人かは知らないが、どうやら武士崩れのようだ。

見舞金にしたって、宮戸屋あるいは正右衛門に問いあわせれば、すぐにおかしいと気付いたはずである。おもしろいと思って飛び付き、確認しないまま文章に纏《まと》めてしまったにちがいない。

もともと瓦版は、いい加減で無責任なものなのだ。

幕府は享保《きょうほう》七（一七二二）年に、瓦版などの印刷物を売るには板元、つまり責任者名を明示するように義務付けた。しかし瓦版はお達しを無視して、板元も筆者名も明らかにせず、モグリで板行を続けている。

当然、「口封じに雀の涙の見舞金」の瓦版にも、書き手である天眼の名はどこにも出ていない。

権六が「涙の見舞金」の瓦版書きを連れて来たのは、傘庵が言ったのはとんでもない大嘘だと暴こうという魂胆だとピンと来た。「一両の見舞金で頬被り」したはずの正右衛門が、実はまったくの濡《ぬ》れ衣《ぎぬ》で、被害者であったと書き立てて、前回よりさらに売ろうというのである。

瓦版は一枚四文、つまり浅草寺境内でお吉婆《きちばあ》さんが売っている鳩《はと》の豆を入れた餌袋とおなじ値なので、売りまくらないと益は出ないのだ。

「それで親分さんは、会席料理の申しこみ人と、当日ほかに会席があったかどうかを知りたかった、ということなんですね」

「ほほう。さすが信吾だ、裏筋が読めたようだな」

信吾はニヤリと笑ったが、読めていた訳ではない。権六が天眼を連れて来たことで、わかりかけてきたのである。

「医者の傘庵先生や予約申込者の藤三郎さんは言わば誘い水で、裏で糸を引いている黒幕を炙《あぶ》り出そうとしたのではないですか」

傘庵が幇間医者で金持に取り入っていると権六が言っていたのを、信吾は思い出したのだ。宮戸屋の会席料理で宴会を開いたのは、傘庵の住まいに近い町の若者組だと権六は言った。

商家の若旦那たちの集まりであれば、小遣いも潤沢だろうから、宮戸屋で会席料理の飲み喰いをしてもふしぎはない。

ところが予約したのは竹細工職人だという。予約するのは仲間内の顔役だろうから、それが親方でなく職人ということは、懐が温かい連中だとは思えない。そいつらの見舞金の上前を撥ねたようなインチキ医者の傘庵が、金を出してやったことも考えにくい。

「となると、黒幕の見当も付いているのではねえのか」

権六の左右に離れたちいさな目が、強い光を発した。

「いえ、そこまではとても。傘庵先生を操って若者組の連中をけしかけさせた者がいるのではないだろうか、とは思いましたが」

「一日中《いちんちじゅう》、将棋会所に坐っていてそこまで読めるのだから」と、権六は天眼に言った。「この若者なら、南でも北でも腕っこきの同心になれるんじゃありやせんか」

「皮肉か」

天眼と呼ばれた瓦版書きが沈んだ声で言ったので、権六は思わず首を竦《すく》めた。もしかしたら同心崩れではあるまいかと、信吾は思わず天眼を見た。

「信吾がそこまで読んだとなりゃ、絵解きをするしかねえようだな。しかし信吾、大筋は外れちゃいねえぜ」

さて、どこから話せばよいかとつぶやいた権六を制して、信吾は常吉を呼んだ。「へーい」と、返辞といっしょに小僧がやって来た。

「いいか常吉。宮戸屋に行ってな、向こうの旦那さまに、半刻したら信吾が権六親分さんと、瓦版書きの天眼先生といっしょにまいりますと伝えるのだ。あり物でかまわないから料理と、お酒の用意を願いますと信吾が言っていたと伝えてくれ。わかったか」

「へーい」

「では言ってみろ」

常吉はまちがわずに復唱したが、以前ならとても考えられぬことだ。女の力が（と言っても十歳の女の子だが）いかにおおきいかを、信吾は思い知らされた。しかも常吉は、宮戸屋の旦那さまと「駒形」の旦那さまと、親子二人をちゃんと使いわけたのである。

駆け出そうとする常吉を信吾は呼び止めた。

権六親分の話を聞いてから出掛けるのであれば、宮戸屋でもおなじことを繰り返してもらわねばならないことに気付いたのである。であれば三人で出掛けたほうが、むだがなくてすむ。料理ができるまでは、酒で繋げばいいだろう。

「親分さん、話の腰を折って失礼しました。しかし、どうせならこれから宮戸屋に向かいましょう。天眼先生が、父にたしかめなければならないこともあるでしょうから」

権六は鼻白んだようだが、宮戸屋での料理と酒が効いたらしく、それでいいかと天眼に打診した。相手はわずかにうなずいただけだ。

話が決まったので、信吾は甚兵衛と常吉にあとを頼んで「駒形」を出た。わずか八町だし、雨もたいした降りではないので、信吾は足駄に番傘で行くことにした。

宮戸屋の奉公人は、その時点でも一人も辞めてはいなかった。全員が江戸者なので、見世が休業になるとほとんどが実家に引きあげていた。

しかし料理人の喜作と喜一親子は、正右衛門たち家族が日々食べる食事の用意をしますと言って、住みこんだままであった。喜作の女房が、掃除や洗濯を引き受けていた。

信吾が事情を話すと、喜作親子は「材料がかぎられておりやすので、てえしたものはできやせんが」と断ってから、さっそく取り掛かった。

客も奉公人もいないので、出入口に近い座敷に全員が座を占めた。権六、天眼、信吾、正右衛門と繁夫妻、祖母の咲江、そして正吾である。

八

料理ができるまでの繋ぎに燗酒《かんざけ》が出されたが、女二人と正吾は遠慮した。

信吾がそれまでの経緯を話し終えると、権六が自分の調べたことなどを話し始めた。天眼はすでに聞いて知っているはずだが、腰から矢立を抜き懐から手控えの綴《つづ》りを出して、胡坐をかいた足のまえに置いた。

「おれはおなじ十手持ちの玉吉から聞いたが、御番所の定町廻り同心の旦那と十手持ちの関係や、十手持ち同士のことは説明すれば長くなるので省かせてもらおう。まず気になったのは、会席料理を食べて食中りになったのがどんな連中かということと、その日、ほかに会席の予約をした連中がいるかということだ」

正右衛門に訊いてもらうよう信吾に頼んだところ、おかしなことがわかった。予約した男が、若い連中が騒ぐのでほかの会席がない日を指定してきたという。これがどういうことかというと、おなじ日に会席料理を喰って自分たちだけが食中りになる不自然さを、避けるためにちがいない。

裏があるなと思って調べると、医者の傘庵は若者組の連中が害に遭ったというが、そんな組は藤三郎の住む浅草田町にも、医者の新鳥越町にもない。傘庵がもったいを付けて若者組とそれらしく言っただけである。

探ったらすぐにわかったが、職人や商家の次、三男坊らの遊び仲間で、だれかの家に集まって安酒を飲むとか、たまに岡場所に安女郎を買いに行くような連中の集まりであった。

とても浅草で一番、江戸でも三本から五本の指に入ろうという宮戸屋で飲み喰いできる連中ではない。それなのにほかの会食客がいない日に宮戸屋で喰って、しかも全員が腹を壊した。

このことを宮戸屋のあるじ正右衛門に捻《ね》じこんだのが、タイコ医者の傘庵だ。となるとこの医者が怪しい。とても若い連中に金をやって、宮戸屋で飲み喰いさせる余裕などある訳がないからだ。

「ここまで来りゃ見当は付きまさ」そう言って、権六は正右衛門夫妻、咲江、正吾を見た。「これはおれだけの読みではのうて、信吾も読み切っておった。だが将棋会所のあるじは動けねえ、自分で調べられないからな」

家族が驚いて信吾を見た。しかし、信吾も今日になって推理が行き着いたのである。

「だがおれは調べた」と言って、権六は全員を見廻した。「大道芸人なら、ここで間を取って投げ銭を待つところだ」

パチパチパチパチと咲江が派手に手を打ち鳴らしたので、権六は苦笑するしかない。まさに大道芸人扱いされたからである。

「となると、タイコ医者をそそのかした黒幕がいるということだが、だれだかわかるか」

権六は得意絶頂の顔で、その場の者の顔をゆっくりと見て言った。だれもちいさく首を振る。

ニヤリと笑うと、権六は天眼に言った。

「潮時だ。先生、そろそろ引き揚げようぜ」

「親分さん、それじゃ生殺しじゃありませんか」

正右衛門に言われ、腰を浮かして立ちかけた権六は坐り直した。

「御用聞き、目明し、岡っ引、十手持ちなどと呼ばれるが、言い方はどう変わろうと、おれらはいつも脇役、端役だからな。と焦《じ》らしてもしょうがねえか」

そう言っておきながら、権六はたっぷりと焦らしたのである。

そこへ食べ物が運ばれてきた。家族の食事用だから、材料はかぎられている。料理人の腕がいいというだけだ。

「間にあわせでこんなものしかございませんが、箸をお付けください」

ひと口ふた口と箸を動かし、「おッ、うめえ」と権六は唸《うな》った。そしてさっそく喋り始めたのである。

「聞いて驚くなよ。傘庵に金を握らせて、若い連中をそそのかすよう持ち掛けたのは、宮戸屋さんのごく近所の料理屋、宮戸屋さんはなんとも思ってねえかもしれんが、向こうは目の敵にしておる料理屋だ。ここまで言やあ、わかるだろう」

「いえ、てまえには」

正右衛門が絞り出すように言ったが、ご近所となればわかっていても口にはできないではないか。

「明日、江戸中を唖然《あぜん》とさせることになる瓦版の眼目はなんだと思うね。天眼先生が腕を揮ってくれるだろうから、今から楽しみにしてるんだが」

そこで権六は間を取った。少々焦らしすぎで、芝居ならダレるところだ。

「若い連中が宮戸屋で会食した二日後に、タイコ医者、インチキ医者の傘庵が正右衛門さんに捻じこんだ。責任を感じた正右衛門さんが一両の見舞金を出そうと言うと、傘庵は五両と吹っ掛けた。結局三両で落ち着きやしたねえ」

「はい。さようで」

「繰り返しになるが、医者は一両を懐にいれて若い連中には二両しか渡さなんだ。職人や次、三男坊にすりゃ二両は大金。全員で吉原に繰り出したが、初会、うらと来て三度目でようやく女を抱けるような格式張った見世はごめんってんで、安直な河岸《かし》見世に直行よ。食中りで下痢《さげ》るの嘔吐《もど》すので七転八倒のはずの患者が、会席の翌々日には吉原で女郎を買って大騒ぎしたってんだから、呆れて物も言えねえ」

青楼の見世の名は天眼先生には伝えてあるし、若衆や遣り手婆《やてばば》の裏付けも取ってある。それに関して抜かりはねえ、と権六は胸を張った。

傘庵をそそのかし、いやその逆で傘庵が持ち掛けたのかもしれない。いずれにせよ、若い連中に宮戸屋で会食する資金を渡した黒幕を突き止めるには、傘庵を見張ればすむことだ。

「この近所に、長男が怠け者の遊び好き、本気になって見世を継ごうとしない大馬鹿者、しかも弟は幼いという料理屋がありやして」

「どこかで聞いたような話でございますね」

　正右衛門は惚《とぼ》けたが、わざと信吾を見なかった。繁と咲江が笑いを漏らし、正吾一人が馬鹿正直に信吾を見た。

　ここまで来れば、東仲町の東にある並木町《なみきちょう》の料理屋「深田屋《ふかだや》」以外に考えられない。信吾がよろず相談屋を開いてほどなく、長男粂太郎《くめたろう》が相談に来たことがある。しかもこうほざいた。

「厭《いや》でたまらぬ家業を弟に押し付け、しかも勘当されることなく、自分のやりたいことをやる方法を教えてもらいたい」

　こんな長男では、親も心配でおちおちしていられないだろう。次男は幼すぎるので、後顧の憂いなく商売敵の宮戸屋を今のうちに潰してしまえ、乱暴かもしれないが、深田屋がそう考えたとしか思えないのである。

「その料理屋に」と、権六が言った。「インチキ医者の傘庵が出入りしておった。こうなりゃ若い連中を飲み喰いさせた金の出所は、まちがいなく深田屋だ。手の内を明かす訳にゃまいらんが、傘庵に脅し気味に鎌を掛けたら簡単に吐きましたぜ。それだけじゃねえ」

　そこで切って権六は信吾を見た。

「ここまで来りゃ、わかるだろう」

「深田屋が出した資金のいくらかを、懐に入れたんですね」

「そういうこった。宮戸屋さんの見舞金とおなじでな。渡された額と若い連中にいくらやったかは天眼先生に教えておきましたんで、瓦版が出るのを楽しみにしてくだせえ」

「黒幕の深田屋ってのも許せねえが、なんとも腹に据えかねるのは、インチキ医者の占野傘庵だ」

酒が入ったからか、それともなんとしても我慢がならなかったのか、天眼が初めてまともに喋った。

「なにもかも洗い浚《ざら》い書いて、叩きのめしてやる。とても江戸や近辺には住めぬよう、やつの狡《ずる》さを、卑劣さを、小汚さを残らず書き尽くしてやる」

「しかし天眼先生よう、たしかに傘庵は小悪党だが、本物の悪党は背後にいて頬被りしてるやつだぜ」

「わかっておるよ。なにも知らずに、先の文を書いたのだ。両方にたっぷりと、その恨みを晴らさずにおくものか」

「ちょっと失礼して小用《こよう》を」

そう断って正右衛門は手洗いに立ったが、その意味は信吾にはわかっていた。話がほぼ終わったので、権六親分と天眼先生に謝礼を包むため席を外したのだ。

翌日の昼ごろ、両国広小路、上野広小路、浅草広小路などの主な盛り場では黒山の人だかりができた。群衆が瓦版売りに群がったからである。

紙面には見出しが躍っていた。曰《いわ》く「浅草食中り騒動に幕」、さらに「卑劣極まりない深田屋」、そして「人を呪わば穴二つとはこのことか」などなど。

瓦版が出てから四半刻ほどして、宮戸屋の前に紙が貼り出された。

お客様各位

ご迷惑をお掛けいたしましたが

長月朔日《ながつきついたち》に営業再開いたします

宮戸屋

丁度その時刻、将棋会所「駒形」に一人の男が現れ、信吾を駒形堂への散策に誘った。

大川端に出ると、上流に向かいながら男は懐から折り畳んだ紙を出して手渡した。

瓦版であった。

信吾が読み終わったころ、男が照れたような言い方をした。

「これで信吾に借りを返すことができて、ホッとしたぜ」

やはり権六は、最初の大手柄は信吾の話がおおきかったと、ずっと恩に着ていたということだ。

「いえ、こちらこそ親分さんに、たいへんな借りができてしまいました。なにしろ宮戸屋を、とんでもない災難から救っていただいたのですから。このご恩は、一生かかってもお返ししなければと思っています」

「両方で言ってりゃ世話ねえや」と、権六は笑いを浮かべた。「ほんじゃ信吾、貸し借りなしってことでいいな」

縁かいな

一

「どうなさいました。産み月が近いようですが」

朝、将棋会所「駒形」にやって来た甚兵衛の、着物の腹が膨らんでいるのに信吾は気付いた。

「ハハハ、とんだ臨月でしてね」と言ってから、隠居は自分の腹に話し掛けた。「どうだ、まだ出る気はないか」

黒いものがひょいと顔を出し、赤い首輪に付けられた鈴がチリリと鳴った。

「黒介《くろすけ》じゃないですか」

「昨日は久し振りに寺島《てらじま》の寮に泊まったんですが、今朝、こちらに来ようとしましたらね」

不意に黒介が懐に飛びこんだのである。なんとか引っ張り出そうとしたのだが、着物にしがみついて出ようとしない。それ以上やると肌に爪を立てられそうなので諦めた、と甚兵衛は苦笑した。

「ということで、仕方がないから連れて来たのですが。いや、重いのなんのって。腰が痛くなってしまいましたよ」

　寺島は桜並木で有名な向島の墨堤《ぼくてい》の内側にあって、松の名所として知られている。網の目のような水路と田圃《たんぼ》が拡《ひろ》がるのどかな土地で、あちこちに寺や料理屋、商家の寮などが点在していた。

　甚兵衛は豊島屋《としまや》の隠居だが、その寮が寺島にあった。

　寮には初老の夫婦が住みこんでいて、亭主が掃除や雑用、女房が煮炊きや洗濯を受持っていた。豊島屋の奉公人に病人が出ると療養させたり、料理屋の「平石《ひらいし》」や「大七《だいしち》」に招待した客を泊めたりしている。

「駒形」を開くまえには、信吾は甚兵衛に呼ばれて月に数度、将棋を指しに出掛けたものであった。その縁で「駒形」を開くことになったのである。

　黒介はそこで飼われていたが、もとは野良猫で、いつのまにか居付いてしまったのだそうだ。居心地がよさそうだと、一瞬で見抜いたのだろう。

　甚兵衛の懐から畳に飛びおりた黒介は、背を丸めて弓なりになり、続いて指をいっぱいに拡げながら両前脚を交互にまえに突き出した。腰を高く上げると、背中をへこませるように反らして全身を震わせながら伸ばし、顎が外れるのではないかと思うほどの大欠伸《おおあくび》をする。

そうしながらも、黒介は信吾と会話をしていた。

――面ぁ見たくなったのよ。まるで姿を見せねえんだもの。

――悪い悪い、なにしろ、こちらが忙しいもんでね。

――「稼ぎに追いつく貧乏なし」だから、けっこうなこった。閑古鳥が啼《な》いてちゃ、将棋会所はやってられんものな。

黒介との遣《や》り取《と》りのあとで、信吾は甚兵衛に言った。

「障子の貼り替えには間があるので暇を持て余し、退屈しているのだと思いますよ」

一瞬の間を置いてから甚兵衛は苦笑した。

「変なことを憶《おぼ》えてらっしゃいますな、席亭さんは」

以前、寮で将棋を指していて、黒介の特技を教えられたことがあった。暮になったので貼り替えのために障子を外しておいたところ、口と爪を使って、黒介が紙を剝がし始めた。破るのではない。大抵の人ならかなわぬぐらい几帳面に、しかもきれいに剝がしたとのことだ。

甚兵衛はそのことを言ったのである。

「一度聞いたら忘れられませんよ。江戸が広いと言って、そんな特技の持ち主はほかにいないでしょうから」

「馬鹿の一つ憶えというやつでしょうが、毎年、暮になるとやってくれます。一体どこで憶えたものやら」

——ほかにもいろいろできるんだが、障子紙を剝がすくらいにしておかないと、化け猫じゃないかって気味悪がられっからよ。

黒介は座蒲団《ざぶとん》の上にちょこなんと坐《すわ》って、前脚を舐《な》めては顔を洗い始めた。

「ご隠居さん、おはようございます。お茶をどうぞ」

常吉が甚兵衛のまえに湯呑茶碗《ゆのみぢやわん》を置いた。

「おお、ありがとう」

黒介をチラリと見て、常吉が口をもぐつかせた。

「なにか言いたそうだな」

少したゆらいを見せてから常吉は言った。

「福猫って本当にいるんですか」

「ああ、豪徳寺の招き猫が良く知られてる」

「黒猫は不吉だそうですけど」

「そう言う人もいる」

「どっちが本当なんでしょう」

「どっちも本当だ」

「えッ、だって」

「人に善人と悪人がいるだろう」

「ええ」

「猫にも善猫と悪猫がいる。福猫もいれば不吉猫もいるのさ」

——善とか悪とか、福とか不吉とかは、人が自分の都合で勝手に決めるもんで、猫に善も悪も、福も不吉もあるものか。

「この猫はどっちでしょうね」

「常吉はどっちだと思う」

「わかりません、けど」

「けど」

「もしも将棋を指したら、負けそうな気がします」

まじめな顔で、とても冗談を言ってるとは思えなかった。甚兵衛は肩を揺らし、信吾は腹を抱えて笑った。

「おっと、笑ってはいられません。お客さんがお見えになるまえに、空《から》になった懐にこれを収めていただかなくては」

信吾はそう言って、用意していた包みを出すと甚兵衛に渡した。

「なんでしょう、これは」

「お家賃ですが」

「しかしこの家は、てまえが年寄ってできなくなった将棋会所を、信吾さんに代わりにやってもらうということで、タダでお貸しするとの約束でしょ」

「はい、とてもうれしかったです。お客さまが来てくださるかどうか、見当が付きませんでしたから。ところが会所のお客さまは次第に増えましたし、よろず相談屋のほうもぼちぼちお見えになります。となりますと、これ以上甘える訳にはまいりません」

「そうはおっしゃっても、叶《かな》えられなかった夢を引き継いでもらったのですから、とてもいただく訳には」

「甚兵衛さんの夢かもしれませんが、てまえの夢でもありましたからね。赤字続きならともかく、大勢のお客さまに来ていただいております。それなのに、いつまでもタダでお借りする訳にはまいりません」

「むりを言って、困らせないでください」

「甚兵衛さんを困らせようなどと思ってる訳が、ないではありませんか。てまえは当然のことを」

「信吾さんは頑固ですな」

「そうおっしゃる甚兵衛さんも、けっこうな頑固者でございます」

――くだらんことで意地の張りあいをせんでくれよ。聞き苦しいぜ。

「こんなことを続けていたら、黒介に笑われますよ、甚兵衛さん」

「てまえはまじめなんですから、黒介のことなど持ち出さないでくださいよ」

「甚兵衛さんのおっしゃることはわからないでもないですが、黒介の目にはわたしたちの遣り取りは、滑稽に映るんじゃないかと思いましてね」

――映るどころじゃねえよ。滑稽そのものじゃねえか。

黒介の言葉は聞こえていないはずだが、甚兵衛は困惑顔で思いに耽《ふけ》ってしまった。そして意を決したように言ったのである。

「てまえがこの家を信吾さんにお貸しして、やがて一年になります。それでは一年をすぎたら、二年目からいただくことでどうでしょう」

「であれば、今月からでもおなじではないですか。これだけ良い立地ですから、借り手はいくらでもいるはずです。それなのに、とてもタダって訳には」

「そこまでおっしゃるなら正直に申しますが、なにがどうあっても、てまえは信吾さんからお金をいただく訳にはまいらないのです、一年が経《た》つまでは」

「なぜに一年なのですか」

信吾の言葉に甚兵衛は下を向いてしまった。

「しょうがありませんな」と、甚兵衛は苦笑した。「信吾さんが将棋会所と相談屋を開いて間もなくですが、正右衛門さんが寺島の寮にお見えになりました」

商人《あきんど》二人の遣り取りは、表面は穏やかで淡々としていたものの、虚々実々の攻防があった。

甚兵衛は自分の夢を引き継いでくれた信吾の心意気がうれしくて家を提供した以上、なんとしても受け取る訳にはいかない。正右衛門にすれば、息子が将棋会所と相談屋を開く家をタダで貸してくれると知ったからには、とてもそのままにはしておけなかった。この地でこれだけの家を借りるとすれば、当然それなりの、となる。

「で、てまえは信吾さんのお父さまに負けました。筋金入りの強情さで、さすが席亭さんの親御さんですな。どうにも断り切れずに、一年分の家賃、つまり前家賃を受け取ってしまったのです。その上、息子には絶対に黙っていてもらいたいと言われ、約束させられたものですから」

「申し訳ありません。事情を知りませんでしたので」

「ですので信吾さんからいただくと、二重取りとなりまして、商人の道に悖《もと》ることになります」

親父《おやじ》さん、そこまでやるかよ、と信吾は思わず唸《うな》った。

深田屋が宮戸屋を潰そうと企んで食中《しよくあた》り騒動を起こしたため、休業せざるを得なかったことがある。正右衛門は家族と奉公人のためだけに、会席の宴を設けて事情を説明した。

そのとき、奉公人には罪がないので休業中も、七割ではあるが給銀を払い続けると明言した。すると奉公人は一人も辞めなかったのである。ああ、これが商人というものか、見習わなければと、信吾は父を改めて尊敬したのであった。

岡《おか》っ引《ぴき》の権六親分の尽力もあり、事実が瓦版で明らかにされた。宮戸屋が深田屋に嵌《は》められたことがわかったため、以後は会席も即席もそれまでにも増して客が詰め掛け、連日満席が続いている。

信吾は甚兵衛が好意で貸してくれた家のことに、父の正右衛門が裏でちゃんと手を打っていたと知り、舌を巻いたのであった。

「であれば、これですっきりしましたね。年が明けたら、家賃を黙って受け取ってください」

――やれやれ、人とは七面倒くさいものであるな。

まさにそうだと思うしかなかった。

「黒介にすれば、人があぁだこうだと言ってることなど、くだらなくて笑う気にもなれんでしょうね」

信吾がそう言うと、甚兵衛はチラリと黒介を見た。

「猫ですからね、なにもわかっちゃいませんよ。そこまでわかるのは、化け猫だけでしょう」

――人が愚かゆえに、われらも気楽に生きられるってことさ。

――まいったなあ、と言うしかないよ。だって、黒介の言うとおりだからね。

二

「常吉は一体どうしたというのだい」

庭の片隅で信吾が鋸《のこぎり》で板を挽《ひ》いていると、傍《そば》に来てしばらく見ていた祖母の咲江がそう訊《き》いた。

「駒形」に来るたびに常吉に叱言《こごと》を言っていたのに、そういえばここしばらく聞いていない。どうやら本当に変わったのか、それとも一時的なものなのかと、ようすを見ていたようである。

「どうした、と言いますと」

「まるで別人みたいになったじゃないか。なにをやらしてもちゃんとできたことはないし、三つのことを言い付けると、決まって一つは忘れてしまう。要領は悪いし、気は利かないし、愚図だし。食べることしか考えてなかっただろう」

「そうボロクソに言わないでください。あれでもなかなかいいところがあるのですから」

「奉公人の中で一人だけ浮いてしまうから、いっそ信吾の」

祖母は「いけない」という顔になった。やはりそうだったのかと思ったが、もちろん信吾は口にはしない。

宮戸屋を出て将棋会所と相談屋を開いたとき、父の正右衛門は身の回りの世話と宮戸屋との連絡係として常吉を付けてくれた。普通なら気の利いた、働き者の小僧をということになる。ところが正右衛門のねらいはべつのところにあって、信吾をどうにも手に負えない常吉の、教育係にしたのではないかとしか思えなかったのだ。

まともになった常吉に安心し、祖母はうっかり本音を洩《も》らしたにちがいない。

「いいところもあるのに持ち味を出せないでいましたが、将棋に興味を持ってからというもの、いつの間にかああなったのですよ」

「将棋ったって、指し始めたばかりだろう。それなのに、あそこまで変わったというのかい」

「メリハリが利くようになったのでしょうね」

「どういうことだい」

「ものごとの大小が、わかるようになったのだと思います」

「それが将棋の効能かい」

「けじめが付くようになりました」

「ものごとの大小だとか、けじめだとか、言われてもわかんないよ。あたしにもわかるように言ってくれなきゃ」

「将棋は始めるまえにお辞儀をして、終わればまたお辞儀をします。それがけじめで、だからメリハリが利くのです」

「まるで禅問答だねえ」

「さあ掃除を始めるからな、ほれ掃除が終わった。よしお客さまにお茶を出すぞ、ちゃんと出したらお礼を言われた。将棋の始めと終わりにお辞儀をしますが、それがすべてに及ぶのでしょうね。だから言われたことを忘れないし、仕事も早くなるし、要領もよくなれば、気も利くようになったのだと思います。それまではダラダラとやってましたけど」

「ふーん」と言ってしばらく考え、それから咲江は言った。「将棋が常吉をあそこまで変えたのなら、江戸中の手習所、寺子屋で将棋を教えたらどうだろうね。そうすりゃ『駒形』のお客さんもおのずと増えるから、信吾にとってもありがたいじゃないか」

「そりゃだめだと思いますよ。常吉は将棋をおもしろいと思ったから指すようになり、腕もあがってうれしくてたまらないのです。お蔭《かげ》で、ほかのことにも関心を抱くようになりました。好きでもない子にむりやり押し付けたら、将棋だけでなくほかのことまで厭《いや》になってしまいます。手習所の勉強《まなび》も嫌うようになって、却《かえ》ってよくないと思いますけど」

「常吉はどうして、急に将棋をやる気になったんだい。それまでは、見向きもしなかったんだろ」

ハツという可愛《かわい》い女の子が「駒形」の客として通うようになったからだが、祖母にそんなことは言えなかった。

「なぜでしょうね」

惚《とぼ》けるしかない。

「ところでなにを作ってるんだい」

「連絡箱です」

「連絡箱」と、少し首を傾《かし》げてから祖母は言った。「そんなもの作らなくても、連絡係なら常吉がいるじゃないか」

「お客さん用ですよ、よろず相談屋の」

「だったら信吾がいるのだから、なんの問題もないではないの」

「最近は相談にお見えの方が増えましたので、その都合もあって、てまえは出掛けることが多くなりました」

それと昼間は将棋会所のお客さんが詰めているので、気の弱い人は声を掛けられないかもしれないのだ。真夜中や朝早く来た人も、隣近所に迷惑が掛かるからおおきな声を出したり、戸を叩《たた》いたりできない。

「ですからお住まいとお名前を書いた紙片《かみきれ》を、連絡箱に入れてもらいます。なるべく早くてまえが先方に伺って、話を聞くようにすればいいでしょう。それより祖母《おばあ》さま、食中り騒動以来お客さまが増えて、お見世は大忙しなんじゃないですか」

「昼と夜の谷間だから多少は大丈夫と思うけど、そろそろ帰りますかね。もらい物の羊《よう》羹《かん》が美味《おい》しかったので、常吉に渡しておきました」

「いつもすみません」

「ご多用のところ申し訳ございません。まちがいなく旦那さまに伝えておきます、なんて言ったのよ、あの子ったら」

言い残して祖母は帰って行った。つい少しまえまで「あの愚図」と言っていた常吉を、「あの子」と言ったのは初めてである。それくらい変わったということだろう。

信吾は連絡箱作りの続きに取り掛かった。

縦長の四角な箱で、紙片を入れる部分の幅は一寸（約三センチメートル）ほどの厚みにした。紙は上からでなく、前方の板に開けた横長の隙間から入れてもらう。そして雨に降られても濡《ぬ》れないように、上部には斜めに庇《ひさし》を取り付けた。紙は底板を外して取り出すようにし、開けられぬよう鍵を取り付けた。

素人でも細工しやすい柔らかな杉のあまり厚くない板を用い、鋸で板を挽き切って竹《たけ》釘《くぎ》を打ちこんだ。竹の表皮の厚い部分を鋭く尖《とが》らせ、火で炙《あぶ》って油を抜くと、鉄釘には及ばないがかなり硬くなる。

あとで前板の右側におおきく「連絡箱」、そしてその左手に「留守のとき、あるいは夜中や朝早くお見えの方は、お住まいとお名前を書いて入れてください。なるべく早く伺います。よろず相談屋」と書くことにした。深夜や早朝に来た客は暗くて字が読めないだろうが、昼のあいだに看板の下に箱があるのを見た人が入れに来るだろうから、問題はないと判断したのだ。

「駒形」と「よろず相談屋」の看板を縦に二つ繋《つな》げた下に「連絡箱」を取り付ける考えは、黒介に教えられたのである。座蒲団の上で香箱《こうばこ》坐りしていた黒介は、将棋会所の客が増えるにつれて、いつの間にか姿を消していた。

どうやらそのときに庭の検分をしたようだ。よろず相談屋のある黒船町《くろふねちょう》、南隣の三好町《みよしちょう》、北側の諏訪町《すわちょう》には、千切れ耳、赤鼻、黒兵衛《くろべえ》という三匹《み》の雄猫がいる。黒介も雄なので、連中が臭い付けしたのを嗅いで廻《まわ》ったにちがいない。

それから池に鮒《ふな》や鯉《こい》がいるのをたしかめ、庭木の松に登り、黒塀の上を歩きなどしたはずだ。そうこうしていて、出入口に掲げられた看板を見たのだろう。

昼になって客の一部は家に食べに帰り、あるいは気のあった者同士で蕎麦屋《そばや》、饂飩屋《うどんや》、飯屋などに出掛けた。信吾と常吉が通い女中の峰が作ってくれた昼飯を食べ終わると、黒介が膝にやって来て咽喉《のど》をゴロゴロ鳴らし始めた。

チラチラと横目で見ていた常吉が言った。

「初めて来たのに、膝に乗って咽喉を鳴らすなんて、図々しいやつですね」

常吉にはふしぎでならないらしい。

「わたしが生き物を好きなので、相手にもわかるのだろう」

「だって猫ですよ」

「猫も人とおなじ生き物だもの。息をしてるし、物を食べるし、眠くなると眠るじゃないか。みんないっしょだよ。黒介のこと大好きだと言ってごらん」

常吉は主人に言われたので、仕方ないと思ったらしい。

「黒介のこと大好きだよ」

――しょうがねえなあ。

そうぼやくと、黒介は面倒臭そうに信吾の膝をおりた。そしてゆっくりと歩いて、常吉の膝に飛び乗ったのである。それればかりではない、その掌を舐め始めたのだ。

「くすぐったい」

常吉はとても信じられないという顔で、目をまん丸に見開いている。

――黒介、その辺でいいだろう。

――そうはいくかい、乗り掛かった船だ。

言うなり、常吉の腿《もも》を両脚で踏ん張って立ちあがると、黒介は顔を舐め始めた。

「常吉が好きだと言ったので、黒介もおまえを好きになったのだよ」

「もういいよ、黒介。わかったってば」

言われて黒介はすなおに従い、常吉の膝を降りると信吾の膝にもどった。

常吉は台所の水瓶《みずがめ》の所に行くと、小盥《こだらい》に水を汲《く》んで顔を洗い始めたらしい。

——看板だけどな。

黒介がなにげなく、という調子で言った。

——看板？　どっちのだ。

——よろず相談屋の看板を見ても、声を掛けられない人もいるんじゃないかい。

——心配事、悩みがあるから相談に来る。だから当然、声を掛けるはずだよ。

——気の弱い人は、看板があるために却って入れないかもしれない。

——どういうことだ。

そう訊いたものの、信吾は黒介の言いたいことが、なんとなくわかる気がした。

——だからって、真夜中や日の出まえに来ても開いていない。

相談したいのは切羽詰まった人である。とは言うものの、将棋会所の客がいるときにはためらうかもしれないな、と思った。

——どうすればいいだろう。

——よろず相談屋の看板の下に、連絡してほしいとの伝言を入れる箱を取り付けたらどうだい。

——なるほど将棋会所の客がいても、真夜中でも、昼間だって通り掛かりに、紙を箱に落として行くことができるな。

——相談はしたいけれど、信吾以外にはだれにも知られたくない、そう思ってる人もいるかもしれない。

——思いもしなかったが、案外そうかもしれんな。

——意外とすなおなんだ、信吾ちゃんは。

——おいおい、子供扱いはないだろう。

——あまり、自分に都合いいように考えんほうがいいと思ったのさ。「獲《と》らぬ狸《たぬき》の皮算用」って言葉もあるからね。

ん？　どこかで聞いた諺《ことわざ》だ。そうか、将棋会所とよろず相談屋を開こうってときだったな。しかし曲がりなりにも、なんとかなっている。とすりゃ、案外いいかもしれん。

そうこうしているうちに、食事に出ていた客がもどって来た。

あとを甚兵衛と常吉に任せて会所を出た信吾は、父が親しくしている大工の棟梁《とうりよう》に頼んで、杉板や竹釘をわけてもらった。金を払おうとしたが、親父さんにお世話になってますからと、棟梁は笑って取ってくれなかった。

黒介の忠告に従ってさっそく作ったのだが、字を書き入れる段階になって「連絡箱」

を「伝言箱」に変更した。連絡を取りあうのではなく、あくまでも相談者から信吾への伝言を入れる箱だからである。

そして末尾に、明け六ツ（六時）と九ツ（正午）、そして暮れ六ツ（六時）に箱を開けますと書き加えた。

準備が整って箱を取り付けようとすると、甚兵衛の声がした。

「席亭さん、黒介を見ませんでしたか」

「えッ、黒介ですか。そう言えば、皆さんが昼ご飯からもどるころまではいましたが」

「向島の寮に連れて帰らねばと思い、捜したのですが」

箱造りに夢中になっていたので気付かなかったが、すでに七ツ（四時）をすぎていた。客たちもいつの間にか帰っていた。「席亭さん、また明日」などと声を掛けられても、上の空で返辞をしていたのだろう。

「駒形」では甚兵衛が最後の客となることが多いが、さて帰ろうと思うと黒介の姿が見えないので訊かれたのだ。うっかりにも、ほどがある。

「猫だから大丈夫ですよ。周りが見えないように箱に入れて、遠くまで運んで捨てても、二、三日すれば帰って来ますからね」

「そうですな、それほど気にすることはありませんか」

「もし、帰ってきたら餌をやっておきますから」

三

翌朝、鎖双棍《くさりそうこん》のブン廻しを終えた信吾が伝言箱を開けると、なんと紙片が一枚入っている。まさかこれほど早く反応があるとは思ってもいなかったので、もしかするとだれかが悪戯《いたずら》書きを入れたのかと思ったほどだ。

ごく短くはあるが、「へのへのもへじ」とか「おまえのかあちゃんでべそ」などという、からかいや落書きではない。まともな伝言であった。

となると、これからも利用者を期待できそうである。黒介に感謝しなければならないということだ。

ところが、あまりにもあっけらかんとしたものだったので、どことなく肩透かしを喰《く》ったような気がした。

信吾以外には知られたくない人がいるかもしれない、と黒介は言った。それもわからないではないが、信吾に見てもらいたいのであればもう少しちゃんと書くべきではないか。

用件はともかくとして、住まいと名前が書かれていなかったのである。あるいは裏面にと思ったが、やはり白紙であった。年齢や職業はおろか、男か女かすらわからないのだ。

もちろん会えばわかるのだが、それにしても、と思ってしまう。

「相談したきことがありますので、本日暮れ六ツに両国稲荷《りょうごくいなり》にお越し願います」

要するに、なにも知られたくないということだ。最低限のことは書かれているものの、問題は内容よりもその文字だった。どこがとはっきり言えないが、変なのである。

居室である奥の六畳間に入ると、信吾は紙片を文机《ふづくえ》に拡げた。

両国稲荷は、よろず相談屋のある黒船町からは日光街道を十五町（一・六キロメートル強）ほど南に行き、柳橋を渡ってすぐ左手にある。神田川が大川に注ぐ右岸、長さ九十六間（一七五メートル弱）の両国橋のすぐ手前、橋番所の裏手にあった。

そこに来るように指示したからには、相手は信吾を、少なくとも顔を知っているということだ。

それよりも、文字の不自然さが気になってならない。筆跡から気付かれないようにとの配慮だとすると、身辺のだれかだろうか。相談を持ち掛けられそうな人を思い浮かべようとしたが、まるで見当も付かないのである。それより信吾を知っているなら、なにもこんな手続きを取ることはない。

それはいいとして字が変なのだ。

手習いを始めたばかりの子供に書かせたのだろうかと思ったが、そうでもなさそうである。あるいは永字八法《えいじはっぽう》を無視というか、故意に背いたのかもしれない。もしかして左手で書いたのだろうか。

信吾は墨を摩《す》ると、左手で反故紙《ほごがみ》の裏に自分の名前や、駒形、よろず相談屋などと書いてみた。

全体に右下がりになり、曲げや撥ねが誇張されてひどく不安定になる。縦線と横線の繋がり部分が、開きすぎたりくっ付いたりするのだ。

だが伝言箱に入れられた紙片の文字の不自然さとは、どこかちがうのである。

「旦那さま、ご飯の用意ができました」

「はい。すぐ行きます」

常吉に返辞すると、信吾は紙片を折り畳んで懐に入れた。

食事は板の間で摂《と》るが、常吉は正座し、握った拳を両膝に置いて待っていた。以前は待ち切れずに、必ず口に入れていたのである。「いただきます」とちゃんと言えず、口をもぐつかせるのでわかってしまうのだ。

しかし、将棋を指し始めてからは、信吾が箸を取るまで待てるようになった。祖母の咲江ではないが、手習所で将棋を採り入れたら、案外と効果があるかもしれないな、とそんなことを思ってしまう。

食べながらも、やはり紙片のことが頭から離れない。

もしかすると信吾に恨みを持つだれかが、危害を加え、罠《わな》に嵌めようと企んでいるのだろうか。万が一のことを考えながらも苦笑する。

だったらだれが、なんのために？

それに場所は、江戸でも有数の盛り場として知られる両国広小路であった。しかも暮六ツとなれば、人通りがあるどころかまだまだ雑踏している。

企みがあれば、その時刻にそんな場所に呼び出しはしないだろう。向島や吉原田圃の中にある小さなお社《やしろ》とか、鬱蒼《うっそう》と樹木の茂る寺や神社の境内ではないのだ。

注意しなければならないとき、これまでは生き物がそっと教えてくれたが、今回はそれもなかった。もっとも今のところは、であるが。

紙片に書かれたことがあまりにも少ないので、つい気を廻しすぎたようである。なに、おれには必殺の鎖双棍があるのだ、と胸を叩くとすっかり気が楽になった。

一人で夕食を食べて先に寝ているようにと常吉に告げると、少し早めの七ッ半（五時）すぎに信吾はよろず相談屋を出た。念のために鎖双棍を懐にして、である。

一応は相談を受けるのだし、相手の年齢や職業、男女のべつもわからない。どんな人であろうと失礼にならぬよう、結城紬《ゆうきつむぎ》のいくらか地味なものを選び、落ち着いた色の羽織を重ねた。

両国稲荷の境内にゆっくりと入って行くと、さり気なく見渡したが知った顔はいない。神田川と両国広小路に挟まれたこの稲荷社はけっこう広く、走り廻る子供たちや、立ち話をする人、事情のありそうな男女の姿も見える。

「よろず相談屋の信吾さまでございますね」

声を掛けられて振り返ると、いつの間にか背後に見知らぬ男が立っていた。中年で中肉中背、おだやかな笑顔をした商家の番頭ふうの雰囲気である。着ている物の色や柄も、声の調子も落ち着いていた。

少しも深刻に見えないが、一体どんな悩みについての相談があるのだろうと、つい怪《け》訝《げん》な顔になったのかもしれない。

男はちいさくうなずきながら言った。

「てまえは相談をお願いしました本人ではなく、代理の者でございます。すぐ近くですので、ごいっしょ願いとう存じます」

代理人が先に立って歩き始めたので、信吾は数歩うしろを歩いた。

境内を出てすぐ西にある柳橋を渡ると目のまえは平右衛門町《へいえもんちょう》で、船宿や料理屋が軒を並べている。

男は料理屋の一軒に入ったが、笑顔で迎えた女将《おかみ》が深々と頭をさげた。

「お待ち申しておりました」

代理人と女将は軽くうなずきあった。

「それでは信吾さま、わたしはこれにて失礼いたします」

男は一礼すると踵《きびす》を返した。案内だけの役だったようだ。

「こちらでございます」

二階の一室に連れて行かれた。

部屋のまえで女将が声を掛けた。

「よろず相談屋のあるじさんが、お見えでございます」

「お待ちしておりました。お入りください」

女将が襖《ふすま》を開けると、頭髪が白くなった、しかし顔の色艶の良い男が、笑みを浮かべながら軽く頭をさげた。

入って正座すると、信吾は両手を突いて深々とお辞儀をした。

「お話をいただきました、よろず相談屋の信吾でございます。お見知り置きくださいますように」

「さ、こちらへ」と、男は床の間のまえの座蒲団を示した。「気楽になさってください」

「お客さまをさて置き、上座に坐る訳にはまいりません」

「わたしのほうでお願いしましたものですから」と、男はわずかな間を置いて言った。

「ではこう致しましょう」

相手は上下《かみしも》をなくすため、床の間を横に、座蒲団を向きあわせて置き直した。それ以上の遠慮は野暮となる。「でしたら」と言うと、信吾は一礼して男のまえに坐った。

女将は酒と先付を整えると、礼をして辞した。先付は法蓮草《ほうれんそう》、ずわい蟹《がに》、薄揚《うすあげ》、占地《しめじ》、削り節である。

男はテキパキと事を運ぶが、ごく自然にゆったりと感じられて、どことなく安心していられた。風貌はちがうのに父の正右衛門や、武蔵屋彦三郎《むさしやひこさぶろう》が醸し出す雰囲気と共通したものが感じられた。

正右衛門が向島の三囲《みめぐり》稲荷社に接した料理屋「平石」で、宮戸屋は弟の正吾が継ぎ、信吾は独立して将棋会所と相談屋を開くとの披露目をしたときのことだ。だれもが危ぶむ中で彦三郎一人が、信吾と話したことで悩みが解決したと一座の人に話し、大丈夫だと背中を押してくれたのだった。

「最初にお詫《わ》びしておきます。失礼ではありますが、事情がありまして名を伏せさせていただきたいのです」

相談屋の客にはよくあることだと言うふうに、信吾は鷹揚《おうよう》にうなずいた。

「恐縮です」と頭をさげてから、男は断りを入れた。「食べ物に好き嫌いがなく、ご酒《しゅ》もそこそこはいけると伺っておりましたので、いささか礼を失しますが、勝手に註文《ちゅうもん》させていただきました」

それにも、おだやかにうなずいた。

信吾に対する下調べは終わっている、ということだろう。これから相談を持ち掛けようと言うのだから、看板を見ただけで頼んだはずはないが、その辺りも父に共通のものが感じられた。要するに大人なのだ。

「紙片一枚で呼び出しておきながら、名を名乗ろうともしない。失礼極まりないやつだとお思いでしょう。ですが、いかなる相談かわからず、しかも何者とも知れない。ともかく会うだけは会ってみよう、とのお気持でお見えだと斟酌《しんしゃく》致します。いろいろと気に障ることもおありでしょうから、どのように感じられたかを率直にお話しいただけるとありがたいのですが」

信吾の気持の流れをさらりと述べたが、こちらの考えがわかってもらえていると思うと安心できた。

相談に入るまでが長くなりそうだと思ったので、信吾ものんびりと構えることにした。このような場合は成り行きに任せるしかない。

「伝言をいただきましたが、相談の内容はお会いしてからだとしましても、奇妙に感じたことがございます」

「筆跡ですね」

そのひと言で信吾は男に強い興味、いや共感を抱いた。同時に、おもしろいことになりそうだとの予感があった。

「はい。子供に書かせたとも思えませんし、左手で書いたふうでもない。永字八法を無視したと申しますか、わざと外したのかとも思いましたが、それにしては一画一画の繋がり方が、あまりにも不自然です。伝言に応じればその謎が明らかになるのでは、との興味があってお受けしました。もちろん、いかなる相談かに一番の関心を抱いておりますが」

男は肩を上下させながら、懸命に笑いを堪《こら》えているようであった。

「失礼いたします」

襖が開けられ、女将と仲居が最初の料理を運んだ。

前菜が数の子の松前漬、いくらのおろし和え。お椀《わん》が金目鯛《きんめだい》、焼豆腐、軸菜、末広人参、柚子《ゆず》であった。

並べ終わった女将と仲居が、信吾と男の盃《さかずき》に酒を注《つ》いだ。

頭をさげて二人がさがったころには、男の笑いは鎮まっていた。

「としますと、わたしのねらいは中《あ》たったということになります」

信吾が怪訝な顔をすると、男は顔を笑いで満たした。

「よろず相談屋のあるじさんは、若いがなかなかの人物だと聞いておりました。となると勝負を仕掛けたくなるではありませんか」

「勝負、でございますか。穏やかではありませんね」

「種を明かしましょう。両手に筆を持ち、一画一画、左右を変えて交互に書いたのです」

「なるほどわからないはずですよ。そのような細工をされましたか。これは見事に一本取られました」

その遣り取りだけで信吾は男にさらに強い興味を抱き、年齢差や立場を超えて親しく会話ができそうな気がした。

なぜなら男は信吾の力量を量ろうと謎を掛けて、たっぷりと楽しませてくれたからだ。それにしても両手を使ったとは、と唸るしかなかった。そんなことを考えるのだから、世間は広く、人とはおもしろいものだとうれしくなる。

名前だけでなく職業や身分も謎のままであったが、信吾はさほど気にならなくなった。

四

男がなぜ相談を持ち掛けたかと言うと、たまたま招かれた宴席で偶然信吾のことを知ったからだと言う。これまたふしぎな縁《えにし》としか言いようがないが、瓦版で派手に取りあげられて話題になった、宮戸屋の食中り騒ぎが話題になったとのことだ。

食中りを報じられて潰れそうになった宮戸屋だが、それが商売敵の深田屋が仕組んだことだとわかったため、俄然《がぜん》風向きが変わったという例の騒動である。深田屋は客にそっぽを向かれ、逆に宮戸屋には客が押し掛けるようになったので、さらに話題になっていた。

「なにしろ江戸中が、特に地元の浅草界隈《かいわい》だけでなく、両国に東両国、神田、日本橋辺りに掛けては沸きに沸きましたからね。なんでも歌舞伎の作者が、新たな狂言に仕立てようと動き出したそうですよ」

「まさか、いくらなんでも」

「いえ、連中はおもしろく話題になったことがあると、ダボハゼのごとく喰い付きますからね。煮え繰り返っている今のうちに、一気に形にしてしまおうということでしょう」

　伝言には「相談したきことがありますので」とあったが、一体どういうことだろうと信吾は思った。しかしそのことで料理屋に招かれた以上、相手にあわせなくてはならない。やはり、のんびりと構えるしかないだろう、と信吾は自分に言い聞かせた。

「大騒動の舞台となった宮戸屋の息子さんが、駒形で将棋会所とよろず相談屋をやっていると聞きましてね」

「なるほど、事情はわかりました。そうしますと、どのようなことで相談を」

「そのためにご足労願ったのですが、そのまえにもう一つの願いに応えていただけますか。もちろん、相談料に上乗せということになりますが」

苦笑しながらも受けるしかない。なにしろ大事な相談が控えているし、金になるのであれば、それも相談に準じると考えるべきだ。

「例の食中り騒動なんですがね、瓦版に書かれていなかったことを、教えていただきたいのですよ」

であればたやすいことだし、宮戸屋を絶体絶命の窮地から救ってくれた岡っ引の権六親分を、大いに売りこんで恩返しができる。なにしろ権六は、「ほんじゃ信吾、貸し借りなしってことでいいな」と言ったが、こちらにすれば大変な借りができたし、なんとかして返さなければと思っていたのだ。

権六が町内の嫌われ者だったとか、信吾と話していて閃《ひらめ》いたらしいことには触れず、賊の一味を一網打尽にする手柄を立て、それによって町内の人に頼られるに至った事実を話した。また、今回の騒動では、どのような推理を積み重ね、瓦版書きと連携して、インチキ医者と深田屋の企みを暴き立てたかを話したのである。

信吾は同業の深田屋については、そして身内である父の正右衛門に関しても、必要最小限のことを話すにとどめた。おおよそのことは瓦版に書かれていたし、自分たちのことを話しすぎると、どうしても自慢と取られるからであった。

飲みかつ喰いながら信吾は相手の問いに答えたが、男は「よくまあ」と思うくらい、微に入り細を穿《うが》って訊いてきた。その執拗《しつよう》さには、思わず苦笑したほどだ。

「いやあ、おもしろうございました。となると相談が、ますます楽しくなってまいりました」

食べ終わって箸を置いたところに、次の料理が運ばれた。造りが鮪、羽太、炙り青利烏賊とツマ一式。焼物が冬子椎茸《どんこしいたけ》と昆布、酢取り茗荷《みようが》。煮物が蕪《かぶ》、鯛、芹《せり》、刻み柚子である。

ようやく本題に入る訳だが、信吾はまどろっこしいとか寄り道が長かったとは感じずに、ごくすんなりと受け止められた。

料理に箸を伸ばし、盃を口に運びながら、信吾は静かに男を観察したが、どうにも摑《つか》みどころがない男であった。ただ年齢は、最初に感じたよりも若いようだ。

頭髪が白くなっているが、半白よりは白髪が多いものの、実際は六割くらいではないだろうか。三十代から白いものが目立つ若白髪の人もいるから、五十歳前後なのかもしれなかった。

初めて見たときは還暦に近いと思ったが、肌には張りがあり色艶もよい。早い人では五十歳をすぎると、老斑《おむかえぼくろ》と呼ばれる薄茶色の染みが浮きあがるが、そんなものはまるで見られなかった。

肌はたるんでいないし、背筋も終始伸びていた。もしかすると四十代の半ばではないだろうか、とそんな気さえするのだ。もっとも年齢に関しては、信吾はあまり自信がない。

目で見てさえ年齢が判断できないのだから、仕事となるとさらに見当が付かなかった。敢《あ》えて言えば商家の主人というところだが、それも特に根拠があってのことではない。信吾は二十歳《はたち》の若造である。言葉つきや喋り方、動作や表情、雰囲気だけから判断できる訳がないのは、当然かもしれなかった。

「相談と申しましたがね」とそこで一度切ってから、男は続けた。「いや、相談にはちがいありませんが、わたしの道楽に付きあっていただければとの虫のいいお願いなのですよ。この手の自分勝手な相談は、よろず相談屋さんでは扱っては」

「いえ、よろずの相談に応じます、というのが建前ですので、応じさせていただきます。ですが、道楽のお付きあいでしたら、てまえより遥《はる》かにふさわしい方がおいでなのでは、と思いますが。それにしましても、いささか風変わりな相談ではありますね」

「この手の相談は初めてでしょうか」

「相談屋を開いてまだ一年にもなりませんので、相談された数そのものがそれほど多くありません。ところで、道楽と申されますとどのような」

「おもしろい話を聞くのがなによりの道楽、趣味でしてね」

「それを楽しみにしている方はたくさんいらっしゃいますが、そう申されるからには並外れている、尋常でない、常軌を逸している、ほとんど狂気に近い、ということでございますね。ありふれたおもしろさでは、とても満足できないのだと推察いたしますが」

「講釈とか落語のような、作られた話には興味がありません。ともかく実際にあったおもしろい話を、一つでも多く聞きたいのです。その気持が高じてどうにも我慢ができず、こうなればそれを徹底的に追い求めようと、四十歳で倅《せがれ》に見世を譲って隠居しました。隠居手当をもらいながら、日々おもしろい話を探し求めているという次第でして」

そこに至って、信吾はようやく男の意図するところがわかった。

よろず相談屋のあるじであれば、風変わりな相談に応じたことがあるにちがいない。金を払うから、それらを語ってもらえないかとの腹なのだろう。

「おっしゃりたいことは、ほぼ、わかりました。ですがそう言うことでしたら申し訳ありませんが、相談に乗ることはできかねます」

「当然でしょうね」

予想していない反応であった。言い方を変えながらひたすら説得するだろう、強引に謝礼の話に持ちこむかもしれないと、いくぶん身構えていたのである。

「と申されますと」

「信吾さんは、相談屋のあるじさんではありませんか。口が裂けたって、受けた相談に関する話はできる訳がないですよ。秘密を洩らすのは、お客さんに対して絶対にしてはならぬ裏切りですから、他人に話したとわかれば仕事そのものを続けられません」

「多くの人が知りたがっているということは、十分すぎるほど承知しています。十手持ちの親分さんに、おだやかにではありますが、脅しと取れぬこともない迫られ方をしたこともありました。母は料理屋の女将ですが、女将とか仲居は座敷でのお客さまに関しては、見ざる、聞かざる、言わざるに徹しなければならないのです」

「三猿《さんえん》ですね。さんざる、とも言いますが」

「そんな母や大女将の祖母ですら、わかっているはずなのに知りたがります。親子とか肉親の情に訴えても訊こうとするので、往生しました」

「いくら迫られても受けられない」

「はい」

「だからその若さで、よろず相談屋の看板を掲げられ、多くの人の信頼を受けておられるのですね」

「いえ、とてもそこまでは。将棋会所のあがりで、なんとか日々を凌《しの》いでおりますが」

「ですからおもしろい話はないに等しいし、もしあったとしても話す訳にはまいらんと」

「それがおわかりでしたら」

「お忘れですかな、信吾さんは」

「なにを、でしょう」

「わたしはこう申しました。おもしろい話を聞くのがなによりの道楽だ、と」

「もちろん憶えております」

「手垢《てあか》の付いていない話を聞いて、ただ楽しみたいのです。おもしろい話を聞いて、心を豊かにしたい。願いはそれだけなのですよ」

「わかっております」

「ということでしたら、わたしが聞いて楽しむだけということにかぎって、なんらかの方法を取っていただけるのではないかと」

このような席を設けたからには、男が簡単に引きさがるはずはないと信吾は思っていた。だが相談屋のあるじが、いかなる理由があろうと客に関して知ったことを話す訳にはいかないのだ。

しかし断れば、この男と二度と話す機会はないかもしれない。信吾は伝言とその書き方を聞いて、男に絶大な魅力を感じていた。このあと接することができれば、心が豊かになる多くのものを得られそうな気がしてならなかった。だからできるなら、これきりにはしたくない。

それともう一つ、意地かもしれないが、なんとしても男に名前を名乗ってもらいたかった。いや、信吾の力によって名乗らせたいのである。そのためには自分を認めてもらい、胸襟《きょうきん》を開いて話せるようになるしかない。

だから拒否してしまわず、保留にしてもらいたかった。

今ならそれもできなくはない。

なにしろ、一枚の紙片によって呼び出されたのである。相談屋としては常に客に対応できるようでなければならないが、今なら結論を少し先に延ばしてもらえるのではないだろうか。

もしもだめと言って断られたら、縁がなかったのだと思って、きっぱりと諦めるしかない。

「首筋に九寸五分《くすんごぶ》を突き付けるような言い方をしては」と、信吾が口を開こうとするより一瞬早く男が言った。「答えに窮しますね。ともかく今日来ていただいて、こちらの願いを伝えたばかりなのに、即答を迫るのは乱暴すぎます。せっかくお近付きになれたのですから、楽しく飲んで、後日に託すといたしましょう」

まるで、胸の裡《うち》を読み取られているようではないか。これほど相手の心がわかる人を、信吾は知らなかった。この人と親しくできたら、どれほど楽しいだろう。

しかし相談屋のあるじとしては、話せることは限られている。客の秘密はいかなる理由であろうと、明かしてはならないという強力な枷《かせ》を嵌められているからだ。

なんとかならぬものだろうかと思い、やはりどうにもできぬと絶望的になるのであった。

しかし、だ。

不可能だと諦めの結論を出すのは、いくらなんでも早計すぎる。次回があるのだから、夢を捨てずになんとか道を探るとしよう。

そう思うと、わずかにではあるが気持が楽になった。

まだ造理や焼物、煮物がいくらか残っていたが、頃合いよしとみたらしく、仲居が酢の物と炊きこみご飯、水菓子を持って来た。料理は出尽くしたということだ。

これで終わりにするからと、男は銚子《ちょうし》を二本追加した。

相手の誘導が巧みなためだろう、心に宿題を残しはしたものの、信吾は楽しいひとときを持つことができたのである。

そして談笑しながらも、はて一体何者だろうかと、ますます男がわからなくなってしまった。

料理屋の倅の信吾から見ても、男は場持ちが上手である。

四十歳で倅に見世を譲って隠居したと言っていたが、本当におもしろい話を求めているだけの男なのだろうか。商家の主人には驚くほど接待慣れした人がいるが、男の場持ちの良さは単に慣れているだけとは言い切れないところがあった。

まあいい、次があるのだから、と酔いもあって信吾は深くは考えないことにした。

では次回を楽しみにと、男が謝礼の包みを渡そうとした。ご馳走《ちそう》になりながら、なんの相談にも応えることができなかったのだからと、信吾は辛うじて固辞したのである。もしも話せるようになったら、信吾がこの料理屋に日時を伝えることにした。男は気楽な立場なのでいつでも応じられると思うが、万が一都合が悪いときには変更を伝言箱に入れておく、ということに決まったのである。

五

「さすが、よろず相談屋のあるじさんだと感心致しました」

前回とおなじように床の間を横にして向きあって坐るなり、男が銚子を取って信吾の盃に注ぎながら言った。

「わざわざ伝言箱に入れていただくのは、申し訳ないですから」

万が一都合がつかなければ、伝言として連絡すると言われたので、信吾は第三候補までの日時を書いておいた。第一候補がむりな場合のみ報《しら》せてもらうよう、女将に伝えたのである。第一候補ですんなりと決まったのであった。

「いえ、そのことではありませんでね」

信吾が女将に予定を伝えたおり、男のことについてひと言も訊かなかったことを、言っているのだ。

「知られたくないのですから、当然ではありませんか。女将も口止めされていれば、てまえが訊いたとしても答える訳にいきません。最初からむだだとわかっていることをしても、意味がありませんもの」

「そうかもしれませんが、あれこれ訊き出そうとするのが普通だと思いますよ。名前を伏せるからにはよほどの理由があるのだろうと、だれだって思わずにいられないでしょうからね。ところが信吾さんは、そのことに触れようとすらされなかった。女将も、若いのにちゃんとした方ですねと驚いていました」

男は終始機嫌がよかったが、それは信吾が会うと言って来たことは、おもしろい話を聞けるからだと期待しているからにちがいない。

前回男と別れて今日ここに来るまで、信吾は大いに悩まざるを得なかった。考えあぐねたのである。なぜなら男と交誼《こうぎ》を結びたかったが、そのためには相手が満足するような話を提供しなければならないからだ。

ところが、おもしろい話となるとあまりというか、一つしかなかった。

売り上げをねらって深夜忍びこんだ泥坊を捕らえた話は、客から相談を受けた訳ではない。泥坊は将棋会所「駒形」の客で、左官職の万作《まんさく》であった。信吾は売り上げを半分与えて、万作に朝食を作ってもらい、小僧の常吉と三人で食べて、将棋の客が来るまえに帰したのである。

泥坊がねらっていることは、猫の黒兵衛が教えてくれた。猫との会話が人を喰っていておもしろいのだが、信吾が猫と会話ができることは、三歳時の三日にわたる大病から話さなければならない。

となると信吾の個人的な問題に触れない訳にいかないが、それに関しては両親はひた隠しにしてきた。身内に病人がいることは知られたくないだろうし、何年か先の弟正吾の嫁取りにもおおきな影響があるから、当然かも知れない。

いやそれよりも、宮戸屋が同業の深田屋に嵌められた話に較《くら》べると、物語として小粒すぎて、話そのものも単調であった。相手が満足するとは思えない。

男は「よろず相談屋」のあるじ信吾が、「若いがなかなかの人物だと聞いておりました」と言った。それに、かなり相談を受けているはずだと思っているらしい。しかし、男を満足させられそうな話となると、一つしかなかった。

なにも知らぬまま某大名家のお家騒動に巻きこまれ、信じられぬような出来事が立て続けに起きたにもかかわらず、それを信吾が解決してしまった一件である。まさに男が知りたいことの多くを満たした、なんとも痛快な物語であった。果たしてこれを語ることはできるだろうか。

あまりにも多くの、しかも一つ一つが強力な難問が、幾重にも取り巻いていて、信吾抜きで語ることは簡単ではない。

話は大名家のお家騒動絡みである。

男はおもしろい話を自分で楽しみたいだけだと言っているし、信吾が接したかぎりにおいて信じていいだろう。そして男がだれかに話さぬかぎり、露見することはあり得ない。

だがそれがなんらかの事情で発覚した場合、出所は信吾以外にないのだ。藩の内部事情を若い商人に暴露されて、果たして大名家が黙っているだろうか。場合によっては、お家取り潰しにまで発展しかねないのである。見逃してくれるはずがなかった。

もしこれを語るとすると、大袈裟《おおげさ》ではなく命を懸ける覚悟がなくてはならない。それでも男に話せるだろうか。しかも知りあって間もない男なのである。

うーむ、と唸るしかない。

信吾はしばらくのあいだ思いに耽った。

相談屋の主人として、客の秘密を洩らすことは絶対にできない。どうしても、これがゆるがせにできない枷となる。であれば正直に打ち明けるしかないのか。だがそれは相手の期待を裏切ることになり、この魅力的な男との接点を絶つことになる。

〈どうすればいいのだ〉

〈いっそ作ってしまえば〉

心の奥でもう一人の信吾がささやいた。

〈簡単に言ってくれるじゃないか。それができれば苦労はないよ〉

〈大名家のお家騒動に巻きこまれたとき、相手方はなんとか信吾を自分たちの側に引き入れようとして、ありもしない百物語の会をでっちあげたではないか。しかもそこである人物の代理で語るようにと、怪談話を憶えさせられただろう。ところがあとになって、百物語の会なんかないとわかった〉

〈ああ〉

〈怪談などに縁のなさそうなあの若侍が、なんとしても信吾を自分たちの味方に引き入れようと、必死になって考えたのだ。その怪談がおもしろいと信吾は言ったじゃないか。必死になったからあれだけの怪談が創れた。だったらおまえさんにだって、死に物狂いになりゃできないことはない、かもしれない〉

〈かもしれない、か。頼りないなあ〉

〈やってみなきゃわからんよ〉

〈できるかなあ〉

〈あの男、何者か知らないが、なかなかおもしろそうなやつだ。このあと付きあって損はないと思うがな〉

〈よし、やってやろうじゃないか〉

そんな自問自答があったのだが、思ったように運ぶ訳がなく、信吾は悶々《もんもん》たる日々をすごさねばならぬことになったのである。

「キューちゃんに誘われるなんて、本当に珍しいね。何度か声を掛けたけど、なかなか都合が付かなかっただろう。どういう風の吹き廻しだい」

完太《かんた》に言われて信吾はうなずいた。

「なんせ将棋会所とよろず相談屋をやってるからね。相手次第だから思うようにならないし、急に呼び出されたり、約束が変更になったりで振り廻されてるよ」

「そりゃ、なんだって仕事となるとたいへんさ。思うように行くもんじゃない。だからおもしろい、ってこともあるけどね」

そう言ったのは寿三郎《じゅさぶろう》で、もう一人は鶴吉《つるきち》だ。三人とも幼馴染《おさななじみ》で、いっしょに手習所に通った仲である。信吾を「キューちゃん」の愛称で呼ぶ、飛び切り仲の良い連中であった。

珍しく信吾から声を掛けて飲みに誘ったので、なにごとだろうと思ったようだ。

「みんなと芝居を観《み》たり、講釈や落語を聴いたり、胆試《きもだめ》しをしたころが懐かしいよ」

そのように切り出して、あのころおもしろく感じたとか、印象に残った演目などを話してもらった。そのほとんどを、四人そろって観たり聴いたりしていたからである。

全員がおもしろいと言う話もあったが、四人がまるでちがう部分、芝居であれば台詞《せりふ》のやり取り、おなじ場面でありながら見ている役者がべつだったとか、そういう発見もないではない。三人ともすっかり忘れていたのに、一人だけが細部まで克明に憶えていた、などということもあった。

また「駒形」を始めてからというもの、歌舞伎も講釈も無縁になったので、ここしばらくの傑作や話題作についても話してもらったのである。

しかし大名家の若侍が怪談話をでっちあげたように、自分で創ろうとしている信吾にとっては、却って訳がわからなくなってしまった。

そんなこんなで、信吾が将棋会所を抜け出すことが次第に多くなった。駒形堂《こまんどう》の傍で石に坐って大川を行き来する船をぼんやりと眺め、浅草寺で鳩《はと》の豆を売るお吉婆さんを見ながら、頻《しき》りと考えたりするようになったのだ。

切り貼りはどうだろうと信吾は考えた。芝居や講釈、落語、また耳に挟んだ町の噂《うわさ》などの、楽しい部分、笑える、泣けるなどという印象的な場面を繋げていけば、おもしろい物語が創れるのではないだろうか。

そう思ってあれこれやっていて、不意に信吾は思い出した。おもしろい話を探しているという男は、こう釘を刺したのである。

「講釈とか落語のような、作られた話には興味がありません。ともかく実際にあったおもしろい話を、一つでも多く聞きたいのです」

さらにもう一点、相談を受けておもしろいと感じた実話を、と条件が付けられたのであった。となると、最近江戸で起きたおもしろい話に限定されてしまう。当然、古い時代や遠い土地、また荒唐無稽な物語、絵空事はだめである。

男はさり気なく言ったが、あれこれ考えあわせると、多くの制約に雁字搦《がんじがら》めになっていることに信吾は気付いた。頭を抱えるしかないではないか。

もしも信吾が自力で話を創るとすれば、それらの条件をすべて適《かな》えたものでなければならないのである。

おそらく顔付きも変わったにちがいない。

余程ひどい顔をしていたのだろう、甚兵衛にからかわれてしまった。

「席亭さん、ここしばらく顔色が良くないようですが、なにかお悩みがあるのではないですか。よろず相談屋の信吾さんて人に、相談したらいかがですかな。若いのになかなかの人物だそうですから、力になってもらえると思いますが」

「もう、甚兵衛さんも人が悪いんだから」

苦笑するしかなかった。

そして四苦八苦し、五里霧中のうちに七転八倒しながら、次のような話を捏《こ》ねあげた。

こんな物語である。

六

そもそもは、よろず相談屋に来た客ではなく、将棋会所「駒形」の新顔との世間話が発端であった。

「知り合いの、そこそこなお店《たな》の番頭さんと酒を飲んでいて、愚痴をこぼされましてね」

指導対局が終わったあとで茶を飲んでいたとき、弦一郎《げんいちろう》がそう言った。

付きあいのために囲碁と将棋を憶え始めた商家の若旦那だが、もう少し強くなりたいと思って「駒形」に通うようになったとのことだ。仕事の合間を縫うように月に三、四度、半刻《はんとき》（約一時間）か一刻（約二時間）くらい時間を作って教えを請いに来ていた。

いかにも大店の若旦那らしく、すなおでおおらかな手を指す。こういう人はなにかのきっかけで感ずるところがあると、驚くほどの飛躍を見せることがあるので楽しみだ。

ところで問題は若旦那の弦一郎ではなく、知りあいの番頭の悩みである。どうやら弦一郎は、自分の胸に仕舞っておくと気が重いので、だれかに聞いてもらいたかったようだ。

ほかの将棋客もいるので、信吾は「庭に出ましょうか」とさり気なく誘った。弦一郎は察したらしくうなずいた。

番頭は父親の先代、つまり弦一郎の祖父のころから、商売はちがうが家族ぐるみで付きあっている見世の奉公人であった。小僧として働き始め、地道な仕事ぶりが認められて手代から番頭に出世した男で、名を多市《たいち》と言う。

「てまえも、こんな番頭が片腕としていてくれたら、どれほど心強いかと思うような男でしてね」

二十八歳で番頭になり、三十一歳で嫁をもらうと見世を出て通いの番頭になった。四十歳までに暖簾《のれん》分けしてもらい、自分の見世を持つのを夢に懸命に働いているとのことだ。

弦一郎の父によると、多市のあるじは本人には伝えていないが、四十歳までに見世を持たせるつもりらしい。順風満帆と言っていい多市だが、ここに来て頭を抱える事態となってしまった。

多市の主人は但馬《たじま》屋省三郎《やしょうざぶろう》で、女房には六年前に死なれたが、後添えはもらわずに通している。上二人が息子、下二人が娘の四人の子持ちだ。商売は太物商で、十人余りの奉公人を使っている。

隣町にやはり太物商の華枝手屋楓兵衛《かえでやふうべえ》がいて、こちらは一つ上の姉《あね》さん女房が健在だ。やはり四人の子供に恵まれているが、長女、長男、次女、次男と交互に生まれている。同商売で隣町ということもあって、以前から凄《すさ》まじいほどの客の奪いあいを演じて来た。なぜそうなったかはわからないが、省三郎と楓兵衛は若いころから犬猿の仲で、事あるごとに角を突きあわせていたという。

あるじがそうだから奉公人同士も敵対とまでは言わないが疎遠で、道ですれちがっても挨拶もしない。さすがに番頭となるとそこまで露骨ではないが、それでも目礼を交わすだけであった。

多市が頭を抱えているのは、但馬屋が大々的に値引き売りをやったが、それだけではなかったからだ。あるじの省三郎は奉公人に、「隣町のお見世はここまで思い切ったことはできんでしょう」と、来る客来る客に自慢させたのである。

隣町のお見世が華枝手屋であることは、名前を伏せたために却って強い印象を持って伝わった。双方の見世で買い物をする客もいるので、たちまち楓兵衛の知るところとなったのである。

「であれば受けてやろうではありませんか」

華枝手屋は但馬屋よりも値引きした上に、粗品を付けることにした。すると客は正直だからそちらに流れる。

「どこまで意地を張れるか、見せてもらいましょう」

そう言いながら省三郎も意地を張った。

対抗して売り出しを始めると、客が押し掛けるので奉公人はてんてこ舞いになるのだが、やたら忙しいだけで利益には繋がらない。しかも競争はますます激化しそうなのである。

「こんなことを続けていたら、共倒れするしかありません」

順調にいけばあと数年で自分の見世が持てるはずの多市にすれば、気が気でないというのはよくわかる。しかもあるじ同士が犬猿の仲なので、解決のしようがないとお手上げなのだ。多市が頭を抱えるのも、むりからぬことだろう。

「ということで席亭さん」と、弦一郎が信吾に言った。「但馬屋の番頭多市の相談に、乗ってやってもらえませんか」

「うーむ」と唸って、信吾は腕を組んで考えこんでしまった。

「相談料のことでしたら、てまえが用意いたしますので。なにしろ多市は商人の鑑《かがみ》のような男ですし、人柄もいいので、自分の見世を持つという夢を叶えてあげたいのですよ」

信吾が唸ったのは相談料のことではない。解決に繋げる糸口が見付かるかどうか、であった。

「ちょっとお聞きしたいのですが、弦一郎さん」

「はい、なんでしょう」

「但馬屋さんは何歳におなりでしょう」

「たしか四十七歳のはずです」

「華枝手屋さんは」

「同年輩だったと思いますが」と言って、少し間をおいてから弦一郎は続けた。「四十五歳ですね。多市が二歳下だと言ってたのを思い出しました」

続いて信吾は、双方の子供たちの年齢を教えてもらった。

但馬屋省三郎の子供の年齢は、長男二十一歳、次男十九歳、長女十六歳、次女十四歳である。一方の華枝手屋楓兵衛のほうは、長女十八歳、長男十七歳、次女十五歳、次男十四歳だから、上の二人と下の二人がともに年子であった。

信吾が二十歳で弟の正吾が十七歳、弦一郎は二十二歳なので、両家の息子や娘とほとんど同年輩ということになる。多市のことだけでなく、親たちがそういう関係だけに、弦一郎は双方の子供たちが気懸りでならないのだろう。

省三郎も楓兵衛も働き盛りと言おうか、その後半に掛かり、これからは老いと衰えに直面しなければならない。となると子供たちのことがなにより気に掛かるはずだ。だから省三郎は目下の商売敵に、一気に差を付けようと勝負に出たのだろう。

その思いは楓兵衛にしてもおなじで、直ちに対抗策を講じるしかない。双方の引っこみが付かなくなり、結果として泥沼にのめりこんで足を取られ、身動きできなくなってしまったというのが現状のようだ。

八方塞がりのこの状態を打破する手は、果たしてあるのだろうか。とすれば、よほど思い切った手段を選ばないと、泥沼から抜け出すことはできそうにない。

省三郎と楓兵衛に共通するものは、商売と親子であるが、果たして、なにを、どのようにに持ち掛けるべきか。

考えを巡らせ、不可能だと落胆し、べつの方法を考える。思い浮かべては破棄し、ちがう方向へ発展させるということを、信吾は止《と》め処《ど》なく繰り返したのであった。

そうしているうちに、極めて困難ではあるものの、うまく行けば解決できるかもしれぬと、微《かす》かな希望が持てる案が浮かんだ。

「ところで弦一郎さんは多市さんに、てまえのことをお話しでしょうか」

「いえ、席亭さん、信吾さんの意向を伺ってからでなければ、と」

将棋会所ではなく相談所の件だと気付いたので、言い直したらしい。

「相談料のことは考えていただかなくて、いえ、うまく行ったときに考えていただくとして、取り敢えず多市さんと話してみたいと思うのですが」

「それだけ難しい、簡単には行かないということですね」

「多くの問題を解決しなければなりませんし、それができたとしても、一縷《いちる》の望みでしかありません。でも、てまえはそれに賭けてみたいのです」

「ありがとうございます。でしたら、なるべく早く相談していただくよう、手配いたしますので」

弦一郎は信吾がどのように考えているのか、というふうなことは訊かなかった。頼む以上は一切お任せということだろうが、その辺りにも育ちの良さが見て取れた。

次の日、弦一郎から連絡が入り、その夜の五ツ（八時）に宮戸屋でということになった。信吾の両親が営む料理屋にしたということは、それだけ弦一郎の想《おも》いが強いということにほかならない。

一般客は五ツごろに引きあげるので、一組だけ特別にと、弦一郎が話を付けてくれたのである。多市は奉公人なのでその時刻でないと、体が自由にならないのだ。

指定された刻限に出向くと母の繁が、坪庭に面した奥の座敷に案内してくれた。相談事だというので気を利かせたのだろう。

すでに二人は来ていて、弦一郎は多市と信吾を引きあわせると帰って行った。多市が気を遣わずにすむようにとの配慮らしい。

それだけではない。予約なしの急な註文なので、会席料理でなく即席料理の取りあわせになるが、信吾の到着時刻を考えて頼んでいたようだ。すぐに酒と料理が運ばれた。

心憎いばかりの配慮である。

あとでわかったのだが、料理と酒の代も払ってくれていた。

信吾は多市の盃に酒を注いだ。

前日の弦一郎の話からすると多市は三十代の後半、あと数年で不惑ということだが、やはりそれなりの苦労があったのだろう、実年齢よりは落ち着いて感じられた。

「率直に申します。答えられることだけでけっこうですので、話していただきたいと思います」

七

弦一郎は商家の若旦那なので、自分が信吾に語った内容、そして信吾のことは要領よく話しているはずであった。だから単刀直入に切り出したのである。多市がいくらか安《あん》堵《ど》したように思えたのは、自分からあれこれ説明する必要がないとわかったからかもしれない。

「華枝手屋の番頭さんとはどのような」

あまりにも直接すぎたからだろう、さすがに驚いたようであったが、すぐにおだやかな口調で返辞した。

「あるじ同士がお聞きの通りですので話したことはありませんが、大造《だいぞう》さんに対してはべつにわだかまりはございません」

「てまえはこのあと、なるべく早く大造さんに会うつもりです。焦ってはなりませんが、このような問題はあまり間を置かずに解決すべきだと思いますので。つきましては多市さんと大造さんのお力を、お借りしなければなりません。できれば三人で話しあうべきでしょうが、ご主人同士がそのような有様では、それは避けたほうが賢明でしょう。万が一だれかに見られたら誤解されますし、なにかと臆測を呼びますからね。ですからまえが、頻繁にお二人のあいだを行き来いたします」

これまでの経緯《いきさつ》には拘《こだわ》らず、但馬屋と華枝手屋を和解させてしまう、というのが信吾の大胆な計画であった。

とんでもないことを言い出すやつだと思ったのだろう、多市は目を引《ひ》ん剝《む》いたが、戸惑いつつもおおきな期待を寄せているのが感じられた。

「但馬屋さんのご長男は二十一歳だそうですが、お名前を教えていただけますか。できればどのようなお方かも」

「駿馬《しゅんめ》さまとおっしゃいます。但馬屋では屋号と絡めてでしょうが、お坊ちゃまには馬か、もう一つの、干支《えと》の午《うま》を付けているとのことです。先代、先々代のお名前をもらうことが多いようでしてね。若旦那はおっとりとしたご気性で、あまり細かなことには拘られません」

「お顔とか体格などは」

矢継ぎ早に訊くので戸惑いながらも、多市はすんなりと答えた。いや、信吾の問い方が自然なのでつい答えてしまうのだろう。

「背丈は五尺五寸（一六六センチメートル強）ですが、やや痩せ型ですね。顔は面長ですが整っているほうです。とてもやさしい目をなさっています」

「華枝手屋のご長女についても、ご存じでしたら」

「お名前はたしかアカネさんとおっしゃいますが、どのような字かは存じません。背丈は五尺（一五一・五センチメートル）ちょっとでしょうかね。瓜実顔《うりざね》でおちょぼ口です。あ、笑うと右頰に笑窪《えくぼ》ができます。ご気性までは存じませんが、悪い噂を聞いたことはありません」

「それを伺って安心しました。でしたら、なんとかなるかもしれません」

「と、申されますと」

「若旦那の駿馬さんとアカネお嬢さんを、夫婦《みょうと》にするのが最良の方法で、しかもそれ以外には考えられないのです」

多市は口をおおきく開けたまま、固まってしまった。しかも、いつまでもそのままなのだ。息さえしていないのかと思えるほどで、さすがに信吾が心配になったころ、ようやく唇が細かく引《ひ》き攣《つ》った。

「ば、馬鹿な。そんなことができる訳がありませんよ」

「ええ、できる訳がありません。普通に考えればね」

「普通に考えなくても絶対にむりです。両家のこれまでの不仲をご存じでしょう」

「だから二つのお見世の、但馬屋と華枝手屋の番頭さんの出番となるのです」

多吉は、目をギラつかせながら信吾をじっと見ていたが、次第に微妙な変化が現れ始めた。果たしてどんな、との好奇心が徐々に強まるのがわかった。

信吾は番頭の出番と言ったのである。つまり、多市も重要な役廻りということなのだ。するとどのような、と思わぬ訳がない。

「多市さんは、信じられないような噂を耳にしました」

「えッ、どんな噂ですか」

「恋患いの」とそこで切って、信吾は多市をじっと見た。「もう、おわかりでしょう」

多市が生唾を呑《の》みこんだ。咽喉仏がおおきく動き、ごくりと音がしたかと思ったほどである。つまり、すでに信吾の創り話の世界に入っている、ということがわかったのだ。

多市はわずかに首を傾げながら、ためらいがちにではあるが話し始めた。

「華枝手屋のアカネお嬢さまが、但馬屋の駿馬若旦那に恋患いをし、恋い焦がれて食べ物も咽喉を通らずに、日とともにやつれて見る影もない」

「さすが番頭さんです」

信吾がそういうと、一瞬、笑みを浮かべそうになったが、多市はおおきく首を横に振った。

「だめですよ。若旦那が信じる訳がありません」

「てまえもそう思います。まず噴き出して大笑いするか、でなければ馬鹿にするなと怒るでしょうね」

「それがわかっているなら、なにも」

「二度目でも笑うと思われますか。おなじことを繰り返したら怒り狂うと思われますか。なぜって、腹を立てるようなことではないでしょう。瓜実顔で笑えば笑窪のできるお嬢さんが、自分に惚《ほ》れて、その思いがあまりにも強くて寝付かれてしまわれたのですから。普通なら心を揺り動かされます。ですがためらわずにいられません。なんと言っても、商売敵の娘ですからね。番頭さんが言葉巧みにささやきます。ささやき続けるのです。三度目、四度目となるに従い、気持に変化が出るはずです。なんとかならないだろうか。なんとかできる方法があるかもしれない。きっと、かならず、どこかに、なんらかの方法があるはずだ、と」

「待ってくださいよ。するとてまえは、若旦那に嘘《うそ》を吐《つ》く、騙《だま》すことになるではありませんか」

「そうですよ。両家が仲直りするには、ほかに手はないのですから。あるお坊さんに教えられましたが、こういう場合は嘘ではなく方便《ほうべん》と言うそうです」

「しかし」

「このままでいいのですか。損するのがわかっていても、競争し続けるかもしれないのです。となると、共倒れしかねないとおっしゃったじゃありませんか。なんとかそれを免《まぬか》れるためには、方便としての嘘を吐かねばならぬ場合もあります」

多市は腕を組むと目を閉じてしまった。おそらくひどい混乱に襲われているのだろう。親しい若旦那の弦一郎に聞かされてはいたが、会ったかと思うと、信吾は天地がひっくり返るにも等しいことをぶちまけたのである。頭がくらくらして当然かもしれない。

「うちの若旦那を説得できたとして、相手のいることですからね」

「アカネお嬢さまは、華枝手屋の大造さんに説得してもらいます」

「簡単に言われますが」

「大造さんだって、なんとかこの八方塞がりから逃れたい、なんとか抜け出さなければと思っているはずです。手を打たないかぎり、なし崩しに破滅への坂を転がり落ちることになるのですよ。そうなれば多市さんの、自分のお見世を持つと言う夢は叶いません。そんな事態は、なんとしても避けなければならないのです」

多市はまたしても腕を組み、目を閉じて考え始めた。随分長く考えていたが、目を開けるときっぱりと言った。

「わかりました。やってみましょう。信吾さんを信じるしかなさそうですから」

「ですが、待ってください」

「出鼻を挫《くじ》かないでくださいよ。せっかくその気になったというのに」

「お二人に、同時にやってもらわねばならないのです。大造さんがアカネお嬢さんを説得すると約束してくれたら、直ちにお報せいたします。多市さんが駿馬さんにささやいてくれているのに、大造さんがお嬢さんに働き掛けるのを、うんと言ってくれなかったら、ちょっと縺《もつ》れてややこしいことになってしまいますからね。多市さんと大造さんに同時に働き掛けていただかないと、絶対にうまく行く訳がありませんから」

「わかりました」

「だったら、いただきましょう。料理もお酒も手付かずのままですよ」

言われて料理を見、多市は苦笑した。

「腹が減ってるのに気付かずに、夢中になって話しこんでいたなんて」

「それだけおおきな、大事な話だということなのです」

多市は真顔になって何度もうなずいた。

八

弦一郎という仲介者がいた多市とちがって、大造は警戒心で身も心も鎧《よろ》っているように思えた。むりもないだろう、信吾が次のように切り出したのだから。

「華枝手屋さんも但馬屋さんも、今回の意地の張りあいでは、互いに引くに引かれず、泥濘《ぬかるみ》で身動き取れなくなってしまいましたね。番頭さんをはじめ、奉公人の皆さんがさぞやお困りだとお察しいたします」

大造は堅い表情のままで瞬《まばた》きもしない。

商売の話の進め方には、撫《な》で型《がた》と張り手型があると、信吾は教わったことがある。

通常はおだやかに順を踏んで進める撫で型でなければならないが、なにかを打開するためには張り手型が効果を発揮することがある、と。

ただしこちらは諸刃《もろは》の剣《つるぎ》で、使い方をまちがえば逆効果となる危険性が伴うのだ。一か八かの博奕《ばくち》をする気でないと、やってはならないのである。

とすれば、今だろう。

多市の場合は弦一郎がいたこともあって、ある程度は順を踏んだのだが、それでも両家の長男と長女を夫婦にさせる信吾の案は、相当な衝撃を与えたのである。

どちらがいいだろうかとの思いはあったが、心の裡をまるで見せようとしない大造に接して、迷わず張り手型を選んだ。

そして諄《じゅん》々《じゅん》と説得を始めたのだが、多市とはまったく反応がちがう。いや、反応がまるでないのである。

多市は問えば答えたし、言葉や表情で気持を表した。大造は相鎚《あいづち》を打たぬどころか、うなずいたり首を横に振ったりもしなかった。さすがに瞬きはするようになったが、人の二倍も三倍も長いあいだ、目を見開いたまま信吾を凝視している。

梨《なし》の礫《つぶて》というやつだ。

あるいはまちがえたか。張り手型を試みるまえに、ありふれた世間話から入り、大造がどのような性格なのか、人や世の中をどのように捉える人間なのか、などの概要をたしかめてから、本題に入るべきだったのかもしれない。

どうも自分は柔軟さに欠ける。まだまだ未熟だと、信吾は思わざるを得なかった。

だがなんとしても、大造の気持を自分に向かせねばならないのである。

信吾がどう考え、いかに協力してもらいたいと思っているかは伝えた。ところが手応えはない。

そこで信吾は大造の立場、商家の番頭という役廻りに訴えることにした。

多市は三十代の後半で、四十歳までに自分の見世を持ちたいとの夢を持っている。ところがのっぺりした顔をして、感情をまるで見せぬ大造は、多市よりは十歳は年上のようであった。

とすれば多市のような夢は持たず、あるいは持ってはいたがとっくに諦め、華枝手屋の番頭で生涯を終える気なのだろうか。この反応のなさは、自分を投げてしまったことから来ているのかもしれない。そんな気さえしたほどだ。

信吾は多市との遣り取り、見世や仕事に対する多市の思い、信吾が語ったことにどのような反応を示したかを、なるべく具体的に話すことにした。おなじ商家の番頭として、自分と対比せずにはいられないようにと思ったからである。

だが、闇に向かって石を投げるに等しかった。

どっと疲れが出た。自分の非力さが情けなくなる。こんなことでは、多市と弦一郎にあわせる顔がないではないか。

しかしここまで大造が関心を示さないとなると、もはやお手上げであった。打つ手はないに等しい。

「ああ、残念です。残念でなりませんよ。もったいないと言うしかありません。芝居にすればこれほど美味しい役、儲《もう》け役はないのですがね」

おおきな溜息《ためいき》とともにそう言ったが、大造の目に微かな変化が現れたのを、信吾は見逃さなかった。もしかすればと、まさに微かにではあるが期待が芽生えたのである。あるいは期待が強すぎたので、そう感じてしまったのかもしれなかった。

だがどうせお手上げ状態であれば、だめでもともとではないか。やるしかない。

信吾は微笑《ほほえ》みながらおおきくうなずいた。

「だってそうでしょう。自分は裏方に徹しながら、どんでん返しの仕掛けをし、事が成功しても素知らぬ顔でいるという、こたえられない役ですからね。でも玄人のお客さまには、はっきりとわかるはずです。大向うを唸らせる役どころですもの。役者だったら競って飛び付くでしょうね」

大造は目を伏せたが、しばらくして信吾を見たときには、それまでとは別人のような目をしていた。強烈な輝きを放っていたのである。目が光を宿しただけで表情が激変した。

「いけるかもしれない」と、信吾の心の裡で期待が一気に膨らんだ。

多市に較べると大造は狸、それもとんでもない古狸だ。

自分を押し殺して、信吾にひたすら喋《しゃべ》らせ、喋り終えてから判断しようと決めていたのだろう。それにしてもかなり長い時間だったのに、よくも無表情で通せたものである。

世の中にはこんな男もいるのだ。

「おもしろいが難しい。タコ糸を絹糸用の針の穴に通すほうが、よほど楽ですよ」

「だから遣り甲斐《やりがい》があります。並の役者では手も足も出せません」

「多市つぁんはやると言いましたか」

その親しみの籠められた言い方は、競争相手の見世の番頭を敵としてでなく、おなじ商人として認めていることを意味しているからにほかならない。

「はい。ですが、とんでもない条件を付けられました」と、そこで信吾は顔を曇らせ間を取った。「華枝手屋の大造さんが頭《かしら》と前脚をやってくれるなら、てまえは喜んで後脚をやりますが、まず、うんと言っちゃくれんでしょう、と」

嘘である。こう言えば大造が乗って来るにちがいないと、咄嗟《とつさ》に思い付いたのだ。

「信吾さんとおっしゃいましたっけ」

「はい、信吾です」

「何歳におなんなさる」

「二十歳ですが」

「そうですか。大したもんですなあ」

「えッ、なにがでございますか」

それには答えずに、大造は真剣な表情で言った。

「そうしますとてまえが、但馬屋の若旦那駿馬さんが恋患いで寝付いたそうだが、その相手がなんとお嬢さんらしい、と」

「はい。そのまえにお嬢さまはアカネさまだそうですが、ひらかなでしょうか、それともカタカナ、あるいは」

「漢字の茜です。草カンムリに西と書きますね」

ということで二人は確認に入った。

大造が茜お嬢さまに、多市が駿馬若旦那にささやきかけるのだが、噂を耳にしたということなら朝よりも午後のほうがいいだろう。では明日の夕刻七ツ以降にしましょう、と話が決まった。

そして五日後ころから、茜には寝付いてもらわねばならない。おなじように駿馬にも病臥《びょうが》してもらうが、こちらは多市の担当だ。

二人が毎日ささやき掛けるが、駿馬と茜の気持がぐらつき始めたと感じたら、事実を、つまりあいだに人が入って二人を夫婦にするという、本当の狙いを打ち明ける。

ただし策謀だと勘付かれてはオジャンになりかねないので、十分に注意しなければならない。それほど恋い焦がれているなら、なんとしても双方の親を説得して二人を夫婦にせねばと、俠気《おとこぎ》に富んだ人物が乗り出してくれた、ということにするのだ。

そしてころあいを見て、仲人役の人物が両家を取り持ち、省三郎と楓兵衛を説得する。これは若い者には務まらない。ある程度の年齢で、世間的にもそこそこ知られた人物でなければならない。

信吾は父親の正右衛門に、なんとしても協力してもらうつもりだった。浅草寺の門前に拡がる広小路にある、江戸では知られた会席と即席の料理屋「宮戸屋」のあるじだ。しかも深田屋の企みで廃業に追いこまれそうになりながら立ち直ったことは、江戸市中で知らぬ者はいない。

あとの運び次第だが、うまく行けば仲人もやってもらうつもりであった。

大造と多市のあいだの連絡は信吾が受け持つが、二人には使う使わないはともかく、将棋会所と相談屋の看板の下に取り付けた伝言箱も教えておく。

確認が終わった信吾はその足で多市を訪れ、おなじことを伝えたのである。

そして信吾の目論見《もくろみ》どおりに事は運び、駿馬と茜は夫婦となり、めでたしめでたしとなった。橋渡しをした信吾には、但馬屋と華枝手屋の両家から、かなりの謝礼が支払われた。

信吾は弦一郎、多市と大造を宮戸屋に招いて、喜作と喜一親子が腕を揮《ふる》った会席料理を味わってもらった。弦一郎にもらった相談料を、きれいさっぱり使い切ったのである。

それだけでは終わらなかった。

駿馬の妹、つまり但馬屋の十六歳の長女が、華枝手屋の十七歳の長男の嫁となることも決まったのである。

宿敵だった但馬屋省三郎と華枝手屋楓兵衛は、兄弟以上に親しい間柄になってしまった。なにしろお互いの息子と娘が、二組の夫婦となったのだから。

信吾の「駒形」に将棋を習いに来ていた弦一郎のひと言が、いくつものおおきな花を咲かせるとはだれが思っただろう。

まさに「将棋が取り持つ縁かいな」である。


これが信吾の創りあげた話であった。やや変形ではあるが、知りあいから持ち掛けられた相談を、信吾が懸命に解決しようとした、という形を取っている。

おもしろい話を聞きたがっている男を納得させるため、苦しみ抜いてなんとかここまで練りあげた。

だから信吾と二人の番頭、多市と大造との遣り取りには、細かな部分にまで気を配ったのであった。なぜなら男が話の運びとか粗筋などよりも、個々の人物の心の動きや駆け引きなどの微妙な部分に、おもしろさを見出《みいだ》そうとしているような気がしたからだ。

そして二回目の今日、この長い話を男に語ることにしたのである。

おそらく信じてもらえるはずだとの自信はあったが、信吾は慎重に事を運んだ。

男には、ご期待に副《そ》えるような手持ちの話はありませんと言った。まずはがっかりさせたのである。

その例として、深夜に忍びこんだ泥坊を、左官の万作でなく棒手振《ぼてふ》りの千吉《せんきち》と変えて話した。男はけっこう笑いはしたものの、決して満足してはいないことを信吾は見て取った。当然だろう。猫との会話を省いたし、そうでなくても単純すぎるからだ。

「あるいはこれならば、と思う話が一つだけございますが、よろず相談屋に持ちこまれた話ではありません。将棋会所のお客さまから持ち掛けられた話、と言っても相談にかかわりはありませんが」

「わたしが信吾さんから聞きたいのは、おもしろい話ですので、おわかりのはずですが、出所とか事情は一切問いません」

「ではお話しいたしますが、相談にお見えのお方がどなたも正直に話してくださるとはかぎりません。都合の悪いことは隠されたり、一部だけであったり、また巧妙にと申しますか、言い換えられることもございます。あとになってわかったこともありますし、事実とは逆のことすらありました。その辺りを整理してお話しいたしますので、どうかその含みでもってお聞きいただきたいと思います。それから、人の名前、商売、見世の名などは実際とは変えてあります」

そう断って、信吾は自作の話を語ったのである。

どうだろうかとの不安はあったが、男は堪能《たんのう》したふうであった。

懐から謝礼の包みを出して渡そうとしたので、信吾は迷った末に受け取った。あれだけ苦労して話を作ったのだから、それに見合うものはもらっていいだろうと思ったからだ。

そして、今後楽しんでいただけそうなおもしろい話がありましたら、お話ししますのでお付きあい願いますと約束したのである。

別れに際して信吾は念を押した。

「どうか、どなたにもお話しになられませんように」

「わたしはおもしろい話を聞くこと自体が楽しみですので、それを他人に話すことは致しません」

「もちろん信じています。ですが、くどいようですけれど、約束していただけますね」

「約束致します。どんなことがあろうと、決して他人《ひと》には話しません」

どうか末永くお付きあいのほどを、と言って別れたのである。

それからというもの、箱に男からの伝言が入っていないかと見るのだが、いつも期待外れに終わった。入っていたとしても、べつの依頼人からの相談である。

信吾は自分の度をすぎた甘さに、ただ自嘲の笑いを浮かべるしかなかった。

男がまず「事情がありまして名を伏せさせていただきたいのです」と言ったとき、信吾はいかにも仕事に慣れているように見せようと、鷹揚にうなずいたのであった。ところがあとになって、名前だけでなく、住まいから商売、いや、なに一つとして知らぬことを思い知らされ、自分の頭をぽかぽかと殴ったのであった。男を探そうにも、まるで取っ掛かりがないのだ。

相手は信吾のことを調べ尽くして、なにもかも知っていたのに、である。

柳橋の料理屋に行って訊いても、女将は知らないで通すだろう。せいぜいが、「今度お見えになられましたら、信吾さまに連絡をなさってくださいと伝えておきます。それとも伝言を、と申しておきましょうか」くらいのことで躱《かわ》されるのが関の山だ。

半月、ひと月、ふた月と経つうちに、仕事に紛れて忘れた訳ではないが、いつしか気にもならなくなってしまった。

もちろんその間にも、「よろず相談屋」と将棋会所「駒形」を巡っては、さまざまな出来事が起こり、物語が生まれていた。

半年ほどすぎた、ある日のことである。

九

八ツ半（午後三時）ごろだったろうか。

「あるじさん、席亭さん、信吾さん、あなたの悦《よろこ》びそうな新しい本が入りましたので、真っ先にお持ちしましたよ」

呼称をいくつも並べて、格子戸から入って来たのは、担ぎの貸本屋の啓《けい》さんであった。本を積みあげた縦長の木箱を、大風呂敷に包んで連索《れんじゃく》で背負っている。

将棋会所と相談屋に詰めていなければならないので、ついでがあれば覗《のぞ》くが、信吾は日本橋や神田の書肆《しょし》に出掛けることはほとんどない。そのため、啓さんが何日か置きに廻ってくれるのはありがたかった。

啓さんはなんとか啓文《けいぶん》と言う名で、戯作者《げさくしゃ》を目指していたらしい。芽が出ないので、いつの間にか書肆の主人の勧めに従って、担ぎの貸本屋になったとのことだ。

もともと本好きだからだろう、随分と読んでいたし、人気の作品や作者だけでなく、地味だが読みでのある本を探し出すのもうまかった。

信吾は上得意でよく借りるので、気に入りそうな本がわかるらしく、啓さんの薦める本にはほとんど外れがなかった。だから重宝していたのである。

そんな啓さんが信吾のために真っ先にとなると、じっとしてはいられない。その日は客が多かったので、信吾は自分の居室である奥の六畳間に誘った。

吹き出る汗を拭おうともせず、啓さんは一冊の本を木箱から抜き出した。

「寸瑕亭押夢《すんかていおしむ》は寸暇を惜しむをもじった筆名でしょうが、初めて見る名です。寸暇のカが暇《ひま》でなく瑕《きず》になっていますね。少しのキズを惜しむというのですから、ひねくれ者かなと思いながら手に取ったのですが、読み出したら止められない。『一読、巻を措《お》く能《あた》わず』ってやつです。仕事を忘れ、まさに寸暇を惜しんで読みましたよ」

「啓さんのお薦めなら無条件に借りましょう。裏切られたことがありませんからね」

『花江戸後日同舟《はなのおえどのちはのりあい》』って題で、なんとも人を喰った話です」

言いながら啓さんは本を信吾のほうに押しやり、ほかのめぼしい本を並べながら話し掛けた。

「最後の同舟《どうしゅう》ってのは、呉越《ごえつ》同舟から採ってるんでしょう。のりあいと読ませておりますがね。最初に花があるのは、若い男女が結ばれるからですが、後日ってありますよね。この後日は呉越に掛けてますよ。それくらいのことやりかねません、この書き手なら」

言われて信吾は表紙に目をやった。

「呉と越は唐土《もろこし》の国の名ですが、話は江戸の宿敵同士の商家で、息子と娘が夫婦になるという」と、啓さんはそこで口を噤《つぐ》んだ。「おっと、いけません。これ以上あっしが喋っちゃうと、信吾さんの楽しみを奪ってしまいますね」

信吾は悪い予感がした。

「これなんかもいいと思いますがね。あッ、そうだ」と、表紙を示しながら啓さんは続けた。「さっきの呉越同舟の本に、信吾さんにそっくりの人が出て来るんですよ。狂言廻しの役で」

「世の中には、自分にそっくりな人が三人はいる、と言いますからね」

「碁会所の若い席亭さんなんですがね。そう言えば信吾さんとこは将棋会所ですから、偶然にしちゃできすぎだ」

　悪い予感どころではない。そんな偶然があってたまるものかと思ったが、顔には出さずにさり気なく訊いた。

「初めて見る作者だって」

「そう。でもいい名ですよ、寸瑕亭押夢ってのは。だって一度で憶えられましたもの。その狂言廻しの碁会所の席亭が曲者《くせもの》でね」

「悪人かい」

「いえ、悪人じゃありません。でも、曲者なんですよ」

「わたしに似てるんだろ」

「とてもいい役でしてね。月下氷人《げつかひようじん》ってんですか、仲人みたいな役なんですから。たいへんな苦労の末に、犬猿の仲の若い男女、じゃなかった両家が犬猿の仲でね。その息子と娘をくっ付けて、親同士を仲直りさせちゃうんだから。いけませんね、また信吾さんの楽しみを奪っちゃいましたよ」

　啓さんは口を糸で縫い付ける真似《まね》をしたが、お喋りな男なのでいつまでも黙っていられる訳がないのだ。

　信吾は件《くだん》の本を手に取るとパラパラとめくったが、すぐに啓さんの言った挿絵は見つかった。

若い男が初老の男を熱心に掻《か》き口説いている図だが、若いほうはたしかに信吾に似ている。相手の男はそう思って見るからではなくて、だれが見たって商家の番頭だろう。

そりゃないよ、と声に出しそうになって、辛うじて咽喉に押し戻した。

やはり黙っていられないからだろう、啓さんが喋り始めた。

「呉服屋の長女のお紺《こん》さんが、隣町の同業の長男卯一郎《ういちろう》に恋患いしたって話をでっちあげるんですよ、碁会所の若い席亭が」

呉服屋の紺が同業の卯一郎に恋患いだって？　太物は木綿で呉服は絹なのでほぼ同業と言ってもいいが、色の茜を紺に、長男の名を駿馬から卯一郎、つまり馬から兎に変えただけではないか。もっと露骨なのは将棋会所を碁会所にしたことだ。

さらに呉服屋の主人の名に呆《あき》れてしまった。戌右衛門《いぬえもん》と猿之助《えんのすけ》で、信吾が犬猿の仲だと言ったのを名前で示して見せたのである。

あとはほとんど上の空で啓さんの話を聞いていたが、人の名や設定を多少変えてあっても、内容は信吾が男に話したそのままであった。

「どうしました。信吾さん好みだと思ったのだが、あまり気に入りませんかね」

「あ、いやいや借りますよ」

「ほかにもいくつか、おもしろいのを持って来ましたが」

そう言われても、今は『花江戸後日同舟』以外には心が向かない。

「今日はこれ」

「『花江戸後日同舟』ですね」

「そう、これだけでいい」

少し怪訝な顔をしたが、薦めた本を信吾が借りるといったので納得したらしい。啓さんは腰帯から矢立を抜いて筆を出し、懐から取り出した通い帳に書き入れた。

「絶対に楽しんでもらえると、あっしは自信を持って言えますよ」

「このまえ借りた三冊、どれもおもしろかった。さすが啓さんのお薦めだけあるよ」

信吾は壁際に積みあげた中から、借りた本を抜き出して返した。啓さんはそれも帳面に書き入れた。借り賃は、月末にまとめて支払うようになっている。

信吾の居室を辞した啓さんは、「駒形」の常連客にも、「この戯作者は人の情というものを描き出すのが、憎いほど上手でしてねえ」などと言いながら、持参した本をあれこれと薦め始めた。

読むまでもないのはわかっていたが、信吾は冒頭から目を通した。

設定の細かな変更や、随所に肉付けはしてあるものの、内容はあの日、信吾が男、いや寸瑕亭押夢に語ったこととほとんどおなじである。

男は戯作者だったのだ。

そう言えば最初に会ったとき、「事情がありまして名を伏せさせていただきたい」と言ったではないか。おもしろい話を徹底的に追い求めようと、四十歳で倅に見世を譲って隠居したとも言っていた。

戯作を書くために、おもしろい話を追い求めていたのだ。だから瓦版で話題になった宮戸屋の食中り騒動を、信吾が呆れるほど執拗に、微に入り細を穿って訊き出そうとしたのだろう。

瓦版で報じられてだれもが知って手垢が付いてしまったので、まさか書きはしないだろうが。まてよ、そうとも言い切れないな。設定やあれこれを変えて、ひと味ちがった、さらにおもしろい話にしかねない。押夢なら、それくらいのことはやりそうだ。

そして信吾が苦心の末に創った話をもとに書いたのが、『花江戸後日同舟』ということである。貸本屋の啓さんも、寸瑕亭押夢は初めて見る名だと言っていた。

それはともかく、約束を守ってもらえなかったのだ。

裏切られたのである。

だが、怒りは湧かなかった。

むしろ、たまらない寂しさを感じずにはいられない。

男はおもしろい話、楽しい話を聞くのが道楽、なによりの趣味だと言った。信吾は手持ちのおもしろい話がないので、苦労して話を創り話した。しかも別れ際に、決して人には話さないようにと念を押し、押夢も約束したのである。

信吾は啓さんを送り出すと、自室に引きこもったが、微妙な変化がわかったのだろう、常吉も甚兵衛もそっとしてくれて、襖の向こうから声を掛けることはなかった。

両掌《りょうて》を組んで後頭部を乗せ、信吾は寝っ転がって天井を見あげていた。長いあいだそうしていたが、不意に信吾は飛び起きた。しばらく棒立ちになっていたが、ゆっくり、実にゆっくりと膝と腰を折り曲げてその場に正座した。

よくぞ話を創りあげたものだ。

自信を持っておもしろいと言える相談事絡みの話は、わずかに一つしかなかった。一時は大名家のお家騒動に巻きこまれたその話を、細部や設定を微妙に変えて話そうかと思ったこともあったのだ。

よくぞ話さなかったものである。

よくぞ新たに創りあげたものだ。

もしも話していたら、寸瑕亭押夢はまちがいなく書いただろう。

戯作本になった場合、信吾をお家騒動に引きこんだ若侍が、その本を読むことはないだろうか。黄表紙などの戯作は町人を主な対象読者として出されているそうだが、物によっては武家も読んでいるという。

幕府の政策をからかったため、朋誠堂喜三二《ほうせいどうきさんじ》の『文武二道万石通《ぶんぶにどうまんごくどおし》』は発禁となり、以後、喜三二は筆を折らざるを得なかった。また恋川春町《こいかわはるまち》は『鸚鵡返《おうむがえし》文武二道《ぶんぶのふたみち》』を出して、老中筆頭松平定信《まつだいらさだのぶ》の屋敷に呼び付けられた。ほどなく亡くなっているが、自殺に追いこまれたと見られている。

押夢の本の内容が、大名家のお家騒動絡みだと知れば、若侍は読まずにいられないだろう。読めば当然だが、信吾が押夢に話したと思うに決まっている。

信吾がもしも話すとすれば、若侍の藩主家の出来事だとはわからぬように十分に気は遣う。だがそれは信吾の言い分で、若侍が断定すればそれまでだ。

べつの話を創ることで助かったのである。

正に危機一髪のところを、紙一重で逃れることができたのだ。

寸瑕亭押夢に会ってみたくなった。押夢は信吾の話を、相談を受けた実話だと信じて戯作に仕立て直したのである。絶対にだれにも話さないという約束をしながら。なのにそれを破ったのだ。

信吾としては、当然のことだが咎《とが》めるべきではないか。

押夢がどんな顔をするか。いかに弁明するか。信吾はそれを、なんとしても知りたくなった。

しかし、どうすればいいのだ。寸瑕亭押夢という筆名を今日知ったばかりで、本名はおろか住まいさえ知らないのである。

信吾は『花江戸後日同舟』を手に取ると、板元の住所を頭に叩きこんだ。室町《むろまち》であれば「駒形」のある黒船町からは三十町（三キロメートル強）ほどなので、片道四半刻（約三〇分）あまりは掛かるだろう。

常吉が「駒形」の客たちに挨拶しているところをみると、七ツを廻ったらしい。出て行こうかと思ったが、甚兵衛が帰るまで待つことにした。なにか言われるかもしれないと思うと、どことなく億劫だったからである。

客が一人残らず帰ると、信吾は常吉と湯屋に出掛けた。湯で体を清めると、もやもやした気分がいくらか楽になった気がした。

通い女中の峰が用意してくれた夕食を二人で食べると、常吉に先に寝ているように告げて、信吾は借家を出た。

十

日本橋室町の書肆に出向いて、信吾は主人に『花江戸後日同舟』を読んだことを話した。相手はとても喜んでくれ、おもしろい部分や感想を伝えると、なるほどそうですか、作者の先生に伝えたら喜ぶでしょうと、にこやかにうなずいていた。

ところが戯作者の住まいを訊いても、教えようとしない。

「お客さまのお名前とお住まいを教えていただければ、押夢先生にはてまえから伝えておきますが」

信吾が、意味がわからないという顔をすると、あるじは愛読者の振りをして作者を困らせたり、借金をしようとしたり、ごく一部ではあるにしても、ひどい迷惑を掛ける者がいるらしい。

「ですが、わたしは」

「申し訳ありません。どなたさまもそうおっしゃられますゆえ、当方としてはお断りするしかないのです」

取り付く島もない。

仕方なく、あるじが用意した料紙に住まいと名前を書いた。黙って見ていた相手が、声の調子を変えて言った。

「よろず相談屋の信吾さまでしたか。これはとんだ失礼をいたしました。でしたら、先生からお預かりしているものがございます。しばらくお待ちを」

あるじは背後にある小抽斗《こひきだし》を開けて、一枚の紙片を取り出した。半紙を二つ折りし、あわさった端を糊付《のりづ》けしてある。その場で開ける訳にはいかないので、礼を言って書肆を出た。

両国広小路のほうへと歩きながら、どこかの見世の軒行灯《のきあんどん》ででも読もうかと思ったが、結局、黒船町まで持ち帰ったのである。

こう書かれていた。

黒船町　よろず相談屋内　信吾様

約束を守り、あのことはだれにも、ひと言も話していません。

しかし本に書きました。わたしは戯作者ですので悪しからず。

寸瑕亭押夢拝

「そりゃないよ」

思わず声に出してしまった。

完敗だ。相手のほうが、役者が一枚も二枚も上だったということである。

話さなくても書けばおなじではないかと憤慨しても、相手は約束を破った訳ではない。ひと言も話すことはなかったかもしれないが、本に書いてしまったのだからそのほうがよほど悪いと非難しても、押夢が約束を守ったことは事実なのである。いくら形だけであったにしても、だが。

もっとも信吾が創った話なので、だれにも迷惑を掛ける訳ではない。しかし、約束を守った形にしながら、実質的に破ったことに対しては咎めるべきだし、それよりも押夢の反応を見たかった。

まあ、いいだろう。縁があればまた会えるし、酒を飲んで談笑できるかもしれないのだからと、笑うしかないではないか。

そのような信吾の心の動きを、読み取ったとしか思えなかった。ある朝、鎖双棍のブン廻しで汗を流してから伝言箱を開けると、寸瑕亭押夢からの伝言が入っていた。

ほとぼりが冷めたころでもありますので、
柳橋の某所で一献願いとう存じますが、
信吾さまのご都合はいかがでしょうか。
今宵お越しいただければうれしいですが、
ごむりな場合は女将までご一報願います。

署名はないが、両手に筆を持って一画ずつ交互に書いた押夢の字であることは、一目瞭然であった。

それにしても律儀だな、と呆れてしまう。今さらわざわざ両手で書くことはないではないか、押夢だとわかっているのだから。

要するに、なにもかもお見透しですよと言っているのである。

ここまで子供扱いされると、「はいはい、さようで」とばかりも言っていられない。

なんとか鼻を明かしたいが、都合のいいことにこちらには切り札があるのだ。

いや、それよりも顔を見て話したかった。「碁敵《ごがたき》は憎さも憎し懐かしし」との川柳があるが、それに近い思いかもしれなかった。

言葉の詐術《ごまかし》で言い訳はしているが、実際には約束を破られ、しかもいくつもの嘘を吐かれたのに、少しも腹立たしくない。むしろ妙に懐かしく、久し振りに逢《あ》えると思うと心が弾む。

某所が柳橋の料理屋で、伝言で時刻を指定していないということは、前回とおなじだろうと信吾は判断した。であれば四半刻ほど早く着くようにと思って「駒形」を出、日光街道を南下した。

浅草御門の手前で左に折れて神田川の左岸を下流に向かうと、すぐに柳橋が見える。両国広小路側から橋を渡って来る男が立ち止まり、信吾に向かっておおきく手を振り始めた。

寸瑕亭押夢であった。

柳橋の北側袂《たもと》で二人は出会った。

「すっかりご無沙汰いたしております」

「無沙汰はお互いさまですが、ふしぎですねえ」と、押夢は言った。「前回別れてから半年は経っているはずですが、昨日別れたばかりという気がしてならないのですよ。あのとき話した声や笑顔が、そっくり蘇《よみがえ》りましてね。ふしぎな人ですねえ、信吾さんは」

先を越された。信吾は臍《ほぞ》を噛《か》む思いであったが、なぜなら、まったくおなじことを感じたからである。

口惜《くや》しくはあったが、厭な思いはしなかった。相手が押夢なら仕方がない。

「話したいことは山ほどありますが、路傍《みちばた》で話すのはもったいない。野良犬なんかに聞かれては、かないませんからね。座敷で差し向かいになって、最初のご酒を口に含むまで取っておきましょう」

そう言って押夢は、唇に右手の人差し指を押し当てた。信吾は溜息を吐いた。これまた先を越されたからである。

料理屋に入って押夢は女将とあれこれ話し始めたが、信吾は軽く頭をさげただけで終始無言で通した。

前回とおなじ二階の座敷に通され、床の間を横に向きあって坐る。

ほどなく女将と仲居が先付と酒を運んだ。

酒を注いだ二人が頭をさげて部屋を出るのを待って、押夢と信吾は盃を手に取り、目の高さにあげると口を付けた。相手よりわずかに早く、盃を下に置くなり信吾は言った。

「寸瑕亭押夢先生、此度《こたび》の『花江戸後日同舟』の上梓《じょうし》、まことにおめでとうございます」

「ご丁寧にありがとうございます。ですが信吾さんは、さぞやご立腹のことでしょうね」

「なぜでしょう」

「お聞きしたお話を、それもほとんどそのまま本にしましたから。住まいも商売も、隠居まえにやっていた見世の名も、なに一つとして知らせないままにです。しかしお会いすることになったからには、怒り狂った信吾さんに、懐に隠し持った九寸五分で刺されてもしかたがない。そう覚悟して、女房とも息子とも今生《こんじょう》の別れになるかもしれないと、水盃《みずさかずき》をしてこちらにまいりましたから」

「冗談はかまいませんが、もう少しましなのにしてくださいよ、押夢先生」

「と申されますと」

「妻子と水盃をしたというのが本当なら、柳橋の某所で一献なんて書いて、伝言箱に紙片を入れたりしないでしょう」

「お、わかりましたか。さすがよろず相談屋のあるじさんだ」

「それにてまえが怒っているとお考えなら、それは大いなる誤解というものです」

「しかし先ほど申しましたように、わたしは信吾さんに断りもなく」

「ではありますが、約束を破った訳ではありませんからね」

「たしかに約束は破らなかったかもしれませんが、考えようによっては、もっとひどいことをしてしまいましたから。よろず相談屋さんとしてはお客さんの信用を」

「実は随分きつく両家、偽名にはしてありますが、お話しした名前で申しますと、但馬屋省三郎さんと華枝手屋楓兵衛さんとなります。そのお二方に散々絞られて、吊《つる》しあげられました」

「まことに申し訳ありません。いえ、おもしろい話ですので、夢中になって物語として書いたのです。ですが実際に戯作として世に出てしまうと、とんでもないことをしてしまったと顔色を喪《うしな》いました。恐らく信吾さんが書肆に呶鳴《どな》りこむだろうと思ったものですから、考えに考えて言い抜けを書いたのですよ。書肆のあるじさんに、よろず相談屋の信吾さんが見えるはずなので渡してくれと」

「そうでしたか。しかし、てまえが出向いたあとも、書肆のあるじさんに会われたんでしょう、押夢先生」

「先生はやめてください。汗顔の至り、です」

「書肆のご主人は、てまえが怒っていたと言っていましたか」

寸暇亭押夢は少し考えてから、怪訝な顔になり首を傾げた。

「そう言えば、信吾さんが住まいを知りたがっていましたので、例の物を渡しておきましたとだけでしたね」

「実は思い掛けない形でケリが付いて、しかもけっこう愉快なことがありましたので、それをお知らせしたかったんです。ところがお住まいがわからないので、板元へ行けばわかるだろうと」

「そうでしたか。それで今日お会いしたときも、前回とまるで変わらなかったのですね」

「気を揉《も》んで、独り相撲を取って損しましたね、押夢先生」

「ですから、先生は。それより、散々絞られ吊しあげられたとおっしゃいましたが、ケリが付いたとなると、一体どのようなことがあったか、お話し願えませんか」

「そのために来たのですが」

「わたしが余計な、それも意味のない心配をして、話していただくのを遅らせてしまった訳ですね。まことに申し訳ない」

「但馬屋さんと華枝手屋さんがよろず相談屋に呶鳴りこんだのですが、いるのは将棋会所のお客さんですので、ほとんどが浅草界隈の商家のご隠居さんばかり」

二人は寸瑕亭押夢の『花江戸後日同舟』を突き付け、ひどい剣幕で信吾に抗議した。ある知りあいが、「ここに書かれてるのは、但馬屋さんと華枝手屋さんのことではないですか」と言って、件の本を見せたとのことである。

読んでみると、まさに知りあいの言うとおりなので驚くまいことか。両家が犬猿の仲で、事あるごとに角突きあわせていたことから始め、両家の息子と娘が夫婦になるまでがおもしろおかしく書かれている。

読者にとってはそうかもしれないが、但馬屋と華枝手屋にとってはおもしろくもおかしくもない。

だれが一体こんなことをと書肆の主人に訊いても、名前と住まいを教えれば著者に連絡は取るが、本人が応じるかどうかはわからないと言う。いくら抗議しても、できませんの一点張りで、仕方なく息子や娘、それに番頭などを問い詰めたら、とうとう白状した。

よろず相談屋の信吾の策謀で、うまく両家の番頭を丸めこんでいっしょにさせたとわかったのだ。あるじの二人も番頭に言《い》い包《くる》められた訳だが、そこまでは認めてもいい。

しかしそれを本にして、世間にぶちまけることはないではないか。信吾とやらがその一部始終を、小遣い銭欲しさに寸瑕亭押夢という物書きに売りこんだにちがいない。

いかに名前を変えたところで、隣町でしかも同業、家族構成などから但馬屋と華枝手屋であることはすぐにわかる。たちまちにして悪い評判が立って、商売が「あがったり」になってしまう。とてもでないがこのままにしておく訳にいかない。

ということで抗議に来たのであった。

将棋のお客さんに迷惑だから場所を変えませんか、と言っても応じない。おだやかに宥《なだ》めても、激昂《げきこう》して次第に声がおおきくなるばかりだ。

このままでは信吾がとんでもない悪巧みを働いたと受け取られるので、なんとしても切り抜けねばならない。

「こんなおめでたい話に、悪い評判が立つ道理がありません」

ここが正念場だと思った信吾は、普段よりおおきめのよく通る声で滔々《とうとう》と弁じ立てた。但馬屋と華枝手屋が何度も声を挟みそうになったが、目に強い光を籠めてそれを制したのである。

将棋の客は指すのを止めて、だれもが信吾たちを見ていた。

十一

ここで二人を説得できなければ、客が減ってしまいかねないので、信吾にしても必死である。相手を圧倒するくらいの気持でいなければ、とても説得などできる訳がないのだ。

「最初のところに犬猿の仲などと書かれたものだから、冷静に読んでいただけなかったのだとてまえは思いますね。仲の悪かった両家が、息子さんと娘さんが夫婦になられたことで和解された。てまえも早速読みましたが、実にいいお話です。これで評判になって、但馬屋さんも華枝手屋さんも次第に繁盛するだろうと確信しました。てまえもあれこれ耳にしましたが、どなたも、よかったですね、いいお話ですね、とおっしゃる方ばかりです。憂きことの多い今の世の中で、気持が軽くなるような、実に楽しいお話です。

悪い評判なんて欠片《かけら》もありませんでしたよ」

　但馬屋と華枝手屋の表情が微妙に変わったのが感じられたので、信吾はさらに熱を籠めた。

「最初に但馬屋さんと華枝手屋さんの仲違《なかたが》いがひどく書かれてるからこそ、若い二人が結ばれて両家が和解する部分が活《い》きるのです。だから読んだ人はしみじみと、良かったと思えるのではないでしょうか。てまえも読み始めたときには、随分とひどい書き方をされているなと、正直なところ但馬屋さんと華枝手屋さんに同情したほどです。だから両家の番頭さんが、なんとか二人にいっしょになってもらいたいと、ひたすら願うところでは、そうだそうだ頑張れ、もう少しだぞ、と応援していましたね。最初のところを悪く書いたのは、終わりの喜びを高めるためですから、但馬屋さんも華枝手屋さんも、寸瑕亭押夢という戯作者の苦労、心意気をわかってあげなくては、書き手は報われませんよ」

　もう一押しだ、と信吾は思ったので、臍下丹田《せいかたんでん》に力を籠めた。

「ひどいことが書かれてますよ、とんでもない本が出ましたよ、そんなふうに言って駆けこんでこられた人がいましたか。いないでしょう。お二人は最初の部分がひどかったものですから、とんでもない本が出た、自分たちのことが暴かれたと思われたのです。最初に持ちこんだ人は、『ここに書かれてるのは、但馬屋さんと華枝手屋さんのことではないですか』と言っただけでしょ。ひどいことが書かれてるとは、おっしゃらなかったはずです。お願いですから、もう一度、冷静な気持で読み直してください。冷静にお読みいただけたら、本当の良さがわかっていただけるはずです。きっと何冊も買われて、親戚や知人に配りたくなると思いますよ」

「席亭さんのおっしゃるとおりです。近ごろあんな楽しい、心が温まる本は読んだことがありません」

常連客の甚兵衛がそう言ったが、これは信吾を応援するサクラと見ていい。ところがほかの客たちが何人もうなずき、「おもしろい本だ」「いい本だった」などと、口々に言ったのである。

二人の商人は顔を見あわせると、しきりと目顔で遣り取りをしていたが、やがて二歳年上の但馬屋省三郎が言いにくそうに口を切った。

「まあ、わたしどももカッとなって、いささか冷静さを欠いていたかもしれませんな。よろず相談屋さんがそこまでおっしゃるなら、改めて読み直してみましょう」

「ぜひともそうなさってください。いかに素晴らしいか、わかっていただけるはずです。それでもよろず相談屋の信吾という若造は、とんでもないやつだと思われましたら、てまえは土下座してお詫びいたします」

二人の商人はふたたび顔を見あわせてから、うなずきあった。

「信吾さんでしたな。急に押し掛け迷惑を掛けてしまいました」

但馬屋省三郎がそう言うと、華枝手屋が客たちに頭をさげた。

「みなさま、お楽しみのところをお騒がせして、まことに申し訳ありません。お詫びいたします」

二人は腰を低くして、信吾や客たち、さらには小僧の常吉にまで頭をさげて帰って行った。

姿が見えなくなると信吾は甚兵衛に言った。

「甚兵衛さん、ありがとうございました。あのように言っていただいたので、お蔭でお二人の態度が変わりましたからね。しかし、あの本をお読みだったとは存じませんでした」

「いえ、読んじゃいません。読めないのですよ、近ごろ目が弱くなりましたのでね」

呆れた信吾がほかの客たちに目を向けると、だれもが笑いながらうなずいた。だれ一人として読んでいなかったのだ。大した役者たちではないか。

「翌日の四ツ（十時）ごろでしたか、お詫びの品ですとのことで、但馬屋さんと華枝手屋さんの連名で、お客さんたちに箱詰めの菓子が届けられました。ですからてまえは、こんな愉快な話はなんとしても、押夢先生に聞いていただかなくては、と」

「うーむ」

寸瑕亭押夢は唸り声を発すると盃の酒を飲み干し、手酌で注いで一気に飲んだので、今度は信吾が注いだ。

「信吾さん、いっそのこと戯作者になられてはいかがです」

「なにをおっしゃいます。とてもてまえなんぞには」

「いや、信吾さんならできますよ。だって今の話、但馬屋と華枝手屋が呶鳴りこんできた話を、即席でこさえたのだから、書けない訳がないじゃありませんか」

信吾は驚いて押夢を見たが、相手は真面目そのものという顔をしていた。

「ご冗談を」

真剣な声になったのは、「もしや、だが、まさか」と思ったからかもしれない。

それを見て押夢はニヤリと笑うと、懐から袱紗《ふくさ》包みを取り出した。包みを開くと、さらに布切れに包まれた品が出て来た。

押夢がそれを信吾のほうに押しやった。

根付であった。

「黄楊《つげ》に細工した品で出来はそう良いとは言えませんが、信吾さんにピッタリの根付だと思いお持ちしました。差しあげます」

手に取ると、やや丸みを帯びて、縦一寸（約三センチメートル）、横一寸五分（約四・五センチメートル）ほどもある。根付としては少しおおきめだが、問題はその木彫細工であった。真剣な顔をした狐と狸が、ジャンケンをしているのだ。

「これは」

「信吾さんとわたし、でしょうかね」

「狐と狸が、ですか」

「どちらが先に人を騙すか、その順番を決めてるところかもしれません」

「これをてまえに」

「だからお持ちしました。差し詰め信吾さんが狐、わたしが狸という役廻りですかね」

「なぜ、てまえに」

「なぜ、ではなく、だから信吾さんに、と言い直すべきでしょう」

なにか含みがあるのだろうが、思い当たることはない。

「ところで信吾さん、繰り返しになりますけれど、戯作をお書きになられてはいかがですか」

「とてもむりですよ」

「そうでも、ありますまい。わたしは信吾さんにお聞きした話をもとに『花江戸後日同舟』を書きましたが、ひと月半も掛かってしまいました」

「そんな短時日で、ですか」

驚いた信吾を無視して、押夢はじっと見たままで話した。

「ここに初めて来ていただいて、そのひと月後にあのお話を伺いました。わたしが書くのに要した日数《ひかず》よりも早くあの話を考え付かれたのだから、信吾さんは戯作者として十分やって行けると思いますよ」

信吾は噴き出し、膝を叩きながら笑い続けたが、内心ではなぜ見抜かれたのかと大いに驚いていた。

笑い止むのを待ってから押夢が続けた。

「宮戸屋さんが食中り騒動になったとき、瓦版がおおきく報じました」

「それは占野傘庵というインチキ医者が、騒ぎ立てて瓦版書きに書かせたからですが、そのことはお話ししましたよ」

「御公儀《おかみ》は次々と締め付けのお触れを出すし、辻斬《つじぎ》りは横行するし、悪い連中が人から金を騙し取るし、ともかく厭なことばかりで、浮世はまさに憂き世です。そういうときにあの本に書かれたような明るくめでたい出来事があれば、江戸の庶民は飛び付きますよ。瓦版だって放っておくはずがありません。ところが調べても、そんな瓦版は出ていない。なぜなら、事実がなかったからです」

「それは両家が話題にならぬように、なるべく抑えるようにしたからではないですか」

「十分に考えられます。ですがわたしの本が出てからも、あれは何屋と何屋の息子と娘がいっしょになったことがもとになっているのではないか、というような話は一向に聞きません。書肆にもあるいはとか、もしかして、という類の話はないそうでしてね」

「だからと言って」

「わたしがなぜ書くことに決めたかを、率直に申します。信吾さんはよろず相談屋のあるじさんですから、相談されたことを絶対に洩らしてはなりません。だから相談屋に持ちこまれた話ではなく、べつの人からの相談だと言われました」

「てまえは押夢さんが、おもしろい話を聞きたいだけで、決して人に話さないと言われたので、であればとお話ししたのですよ」

「それは先ほど申しましたでしょ。わたしはそんな事実があったかどうかを、調べ尽くしたのです。ところがあれほど派手な出来事、しかも二軒の商家が関わっているのに、だれも知らないのですからね。相談屋をやっている以上、絶対に人に洩らすことはできない、とおっしゃった。十手持ちの親分さんに脅されても、母上に親子の情で迫られても決して洩らさない。そんな信吾さんが、他人のわたしに、相談されたことを話してくれる訳がないではないですか。となると理由は一つ、信吾さんが創られたからです。そう確信したからこそ、わたしは『花江戸後日同舟』として世に出しました。でなければ絶対に出しゃしません。となると当然、但馬屋さんと華枝手屋さんが、自分たちのことを暴露されたからと、よろず相談屋に呶鳴りこんだ話は嘘になります。あれほどの嘘を咄嗟に考え付けるのだから、信吾さんが戯作者になれない訳がないと思ったのですよ」

「そうしますと押夢さんは、てまえが嘘を吐いているのをご存じなのに、まったく気付かぬ振りをして付きあってくださった、ということになりますね」

「嘘を吐いたり吐かれたり、騙し騙され、ときには騙しているつもりで騙されたり」

「押夢さんには敵《かな》いません。もっとも端《はな》から勝負になりませんが。てまえはまんまと騙し切った気でいたのに、実際は騙されていたのですね。負けました」

「いや勝ち負けはないでしょ。お互いが騙し騙されたのですから」

「実はてまえは押夢さんをなんとか納得させなければと、必死になってない知恵を絞ったのですが、するとふしぎと出て来たのですよ。これはもしかすると、自分には騙《かた》りの才能があるのではないか。自分はもしかすると生まれついての詐欺師ではないのかと、たまらなく不安になりましてね」

「悪いほうに使えば詐欺となりますが、信吾さんはいいほうに使ってらっしゃる」

「詐欺も、踊りの家元のお嬢さんが詐欺を働くならきれいですが」

「え、どういうことでしょう」

「鷺娘《さぎむすめ》、なんて」

一瞬の間を置いてから、ブハッと押夢は変な声を出した。

「それ、いただきましょう。もちろんお礼はしますよ。騙しの詐欺娘としたほうがいいかな、それとも鳥の鷺娘を題にして、とんでもない詐欺を働かせたほうがおもしろいか」

早くも押夢の頭の中は、激しく回転し始めたようだ。

「結果として敗れはしたものの、困ったことに押夢さんと繰り拡げたあの騙し騙されが、楽しくてならないのですよ」

「嘘は楽しいものです。楽しいだけでなく、心を豊かにしてくれますからね。だからわたしは嘘が大好きなんですが、ここまで楽しい嘘の吐きっこをしたのは、信吾さんが初めてです」

「嘘が取り持つ縁かいな、ということですかね」

よろず相談屋を開いて良かった。本当に良かったと、信吾はしみじみと思った。だからこそ、普通の商人なら生涯出会うことのできぬはずの人たちと、知りあえたし、親しくなれたのである。

お家騒動を解決したいために信吾に接近したある大名家の若侍、犬の体に閉じ籠められてしまった幇間《たいこもち》、そして今回の戯作者寸瑕亭押夢などに、わずかな期間に巡りあうことができた。これからも、どんな魅力的な人と知りあうことができるのだろう。

押夢は嘘で塗り固めて信吾に近付き、難題を持ち掛けた。それに応えるために、信吾はムキになって嘘話をでっちあげたのである。

押夢が嘘なら信吾もまた嘘。ところが得た物はたわわに稔《みの》った、たまらなく美味しい果実であった。

これからは自分が、困り切って相談に来た人にとって、豊かな実を付ける果樹にならねばならないのだ。

自分はなんとしてもよろず相談屋を続けて、世の人の悩みを少しでも和らげ、できれば解消したい、と。その相談屋を維持するためには、相談者の秘密だけでなく、なに一つとして洩らしてはならないのである。

今回危うくその禁忌を破りかけたが、かろうじて踏み止《とど》まれたのは天の警告だったのだろう。

それにしても伝言箱にこれほど絶大な効果があるとは、信吾は予想もしていなかった。近いうちに煮干しのいいのを買って、豊島屋の寮に黒介に礼を言いに行こう。

いや、そんなのじゃだめだ。そろそろ鰹《かつお》が獲れるようになる。初鰹は高くて手が出せないが、そこそこの値になれば思い切って一尾買おうではないか。半身を黒介へのお礼とし、残り半身を甚兵衛さんと二人でお相伴に与《あず》かるとしよう、と信吾は決めたのであった。

常に初心に

一

「礼を言わねばならんのは愚僧であるに、このようなことをしてもろうては」

巌哲《がんてつ》はちらりと源蔵徳利《げんぞうどっくり》に目をやってから、右手で顎を撫《な》でた。

「よろず相談屋にお客さまを紹介していただきましたので、お礼をするのは当然です。ほんの気持だけですが」

信吾が言い掛けたのを、巌哲はゆっくりと手を挙げて制した。

「そのことであれば、とてもいい人を紹介していただきましたと、むしろ感謝されたくらいでな」

「美濃屋《みのや》の若旦那が、和尚さんにですか」

「悩みが消えて嘘《うそ》のように気が楽になりましたと、顔付きも別人のようにすっきりしておったが」

「変ですねえ」

「変とは」

「悩みの相談にお見えだとは、それも和尚さんの紹介だったとは、ずっとわからなかったのですよ。最後の最後まで」

「ほほう、こりゃまた珍妙。相手は相談して悩みが解決したと喜んでおるのに、信吾は相談されたとは思いもしなかったと申すか。なんとも愉快だわい」

そう言って巌哲は少し考えるふうであったが、信吾を見る目は輝きを宿していた。思いがけぬ成り行きを、おもしろがっているのである。


正午を半刻《はんとき》（約一時間）ばかりすぎたころであったろうか、格子戸を開けて若い男が入って来たので、小僧の常吉が席料をもらおうとちいさな塗盆を差し出した。ところが相手は意味がわからないらしく、首を傾《かし》げたのである。

それが美濃屋の若旦那、丑太郎《うしたろう》であった。

常吉が戸惑ったような顔をして見たので、信吾はわずかに首を振った。初めてのお客さまというより、客かどうかさえわからないので、しばらくようすを見るように、との気持を伝えたのだ。

以前はこのような微妙さがわからずに混乱したものだが、最近の常吉はその辺りを心得ていた。微《かす》かにうなずくと盆をさげて、相手がなにか言い出すのを待っている。

「将棋を教えているのですね」

対局中の客たちや壁の料金表を見て、相手はそうつぶやいた。

「はい。お客さま同士で指していただくことになっていますが、ご要望があれば指導も対局もいたします」

そう言った信吾を見て、相手は少しだが意外そうな表情になった。信吾が将棋会所をやっていることを知らずに来たのだろうか。だとしたら、どういう用で来たのかと却《かえ》って興味が湧いた。

「お客さまは、将棋を指しにいらしたのではないようですね」

「わたしは将棋も囲碁も、それだけではなくて、博奕《ばくち》や勝負事は一切やりませんので」

「ひとつまちがえば身を滅ぼすと申しますから、なさらぬのはなによりでございます。ただこちらには博奕でなく、勝ち負けを楽しまれるためにお見えのお客さんが、ほとんどなのですよ」

わずかなためらいを見せてから、相手は控え目に訊《き》いた。

「もしかして、信吾さんでしょうか」

ということは信吾について、だれかに聞いてやって来たということになるが、どことなくちぐはぐな感が否めない。相手の目を見ながらゆっくりと、だが明確な声を出すように信吾は努めた。

「はい。将棋会所『駒形』の席亭で、よろず相談屋のあるじの信吾でございます。どうかよろしくお見知り置きを」

「美濃屋の丑太郎と申します」

信吾が名乗ったので、すぐに自分も名を告げたのだろう。美濃屋の屋号だけでは商売まで見当が付かないが、どうやらまともな商家の息子らしい。

「丑年に生まれた長男なので、丑太郎と名付けたそうです。ですが、本人にすればこれほど迷惑なことはありません」

「と申されますと」

「美濃屋の丑太郎ですからね、渾名《あだな》が」

ピンときた。

「もしかして、ミノムシでは」

思い付きをなに気なく言っただけなのに、相手は信吾が意外に思うほど驚いた。

「えッ、どうしてわかったのですか」

「美濃屋の丑太郎さんでしょ。丑と虫は読みが似通っているから、語呂合わせであるいはと思いまして。子供は言葉遊びで渾名を付けることがよくあるし、おもしろがって囃《はや》し立てるものですから」

「そう。そうなんですよ。手習所に通うまえから、ミノムシが渾名になりましてね。美濃屋の丑太郎、ミノムシやーい、と散々囃されました。ウシタロウをムシタロウと読まれましてね、というか、どちらとも聞こえる読み方をするのです。しかし信吾さんはすごいなあ、一度で渾名の謂《いわ》れを当てた人なんていませんよ」

感心し切った口調に、隣で指していた甚兵衛がクスリと笑いを漏らした。

「丑太郎さん。もしよろしかったら、奥にもうひと部屋ありますので移りませんか。将棋を指してるお客さまに、迷惑かもしれませんから」

「気にすることはありませんよ、席亭さん」との声もあったが、二人は信吾の居室兼寝室である六畳間に移った。

会話のきっかけが渾名ということもあるからだろう、その延長のようになって、他愛ないが楽しい話が続いた。

話しているうちに信吾が料理屋の息子、丑太郎が紙問屋の長男だとわかり、となるとますます話が弾んだのである。美濃は紙の産地として有名なので、その関連で屋号としたのだろう。

商売はちがっていても、商家同士なら共通点はけっこうあるし、ちがいはちがいでおもしろく感じられる。奉公人との関係や親兄弟との関わり方のあれこれ、扱いに困る客の話や勘ちがいで起きた愉快な話、同業との競争や助けあい、などなど話題の尽きることがなかった。

そのうちに丑太郎が信吾の自己紹介で、将棋会所「駒形」の席亭でよろず相談屋のあるじと名乗ったことを思い出した。相手にすれば、まだ若いのにまるで傾向のちがう二つの仕事をこなしていることが、信じられないらしいのだ。

「それは丑太郎さん、とんだ勘ちがいでございますよ」

「勘ちがいって、現に両方やってるではないですか」

「たしかにやっていますけれど、てまえが本当にやりたいのは相談屋なんです。ところがこんな若造でしょう。世間知らずに決まっているからって、だれも相談に来てくれないかもしれません。だけど、なんとしても相談屋をやりたい。ですからない知恵を絞って、日銭の稼げる仕事で取《と》り敢《あ》えず凌《しの》げるようにしようと考えましてね」

「だから、いっしょに将棋会所を始めたのですか」

「はい。そうしながら相談屋の仕事を続け、口伝《くちづて》で評判が高まるようにしようと思ったのですけれど」

「そうだったんですか。それにしても、そんなふうに考えられるって凄《すご》いなあ」

「でもなかなか思ったように行かなくて。将棋の方は常連さんもいらっしゃいますが、相談屋は閑古鳥が啼《な》いています。覚悟はしていたものの、思っていたよりも遥《はる》かに厳しいのですよ。半年や一年のあいだ客はないかもしれんな、くらいの気持でいなきゃ大成しないよ、と言われたのですがね」

　そう言って励ましてくれたのは、庭に来たキジバトだった。だが、そんなことを言っても丑太郎は信じないだろうし、馬鹿にするなと怒りだすかもしれない。

「で、大八車の両輪のように、うまく廻《まわ》り始めたという訳ですね」

「いえ、とてもとても。ただ、相談に見えた方が知りあいを紹介してくれるようになりましたので、少しずつお客さまは増えておりますが」

といっても紹介してくれたのは、今のところ幇間《たいこもち》の宮戸川ペー助ぐらいだ。もちろん、そういう点は曖昧にしておいて、具体的なことまでは話さない。

「将棋指南所が繁盛しているのですから、相談所のほうも釣られて忙しくなりますよ」

指南所ではなく会所、相談所ではなくて相談屋だが、いちいち訂正はしない。まちがえて言う人はけっこう多いのである。

「だといいのですが。ともかく、お悩みの方の役に少しでも立ちたいと始めましたので、根気よく続けようと思っています。とは言うものの、思い描いているようになるのはいつのことでしょうか。それなりに失敗も重ね、酸いも甘いも嚙《か》み分けて、不惑になってようやくってところかもしれませんね。多くの人の相談に乗れて、悩み解消の手助けができるようになるのは」

「うーん」と、丑太郎は唸《うな》った。「なるほどそういうものですかね。いや、そういうものなんでしょうね。でも凄いなあ。腰が据わってますもの。わたしなんか目のまえのことにあたふたして、先のことなどとても考えられません。信吾さんに較《くら》べたら雛《ひよこ》、いや、

「孵《かえ》るまえの卵ですね」

しきりと感心している。

二

少し咽喉《のど》が渇いたなと思ったところに、常吉が盆に湯呑茶碗《ゆのみぢゃわん》と菓子を入れた皿を載せて現われた。

「ありがとう。お客さまのほうは、特に変わったことはありませんか」

「はい、旦那さま」と、ひと呼吸おいて常吉は言った。「お話が終わってからでいいから、とおっしゃってました」

常吉は丑太郎に「ごゆっくり」と言って、頭をさげると部屋を出た。

「おっといけません」と、丑太郎がおどけ気味に言った。「楽しいものだから、つい甘えて長尻《ながっちり》になってしまいました。一刻（約二時間）も話しこんでしまいましたね」

そこは商家育ちである。小僧が茶を持って来たのは、客のだれかに信吾を呼ぶよう催促されたからだと受け取ったようだ。丑太郎に覚《さと》られぬよう、さり気なく報《しら》せに来たのだと気を廻したにちがいない。

「気になさらず、どうかゆっくりなさってください」

「思いも掛けず、楽しいひとときがすごせました」

「わたしもですよ」

そんな遣《や》り取《と》りがあって八ツ半（午後三時）ごろ帰った丑太郎が、ふたたび姿を見せたのは六ツ半（午後七時）をすぎたかすぎぬかの時刻であった。

将棋盤と駒を拭き清めた信吾と常吉は、いつもどおり湯屋に出掛けた。汗を流してもどり、通い女中の峰が作ってくれた晩飯を食べ終わって、日課となった将棋の指導を終えたところであった。

「おや、丑太郎さん。どうなさいました。忘れ物でしょうか」

「ええ、忘れ物」

そう言って丑太郎は、信吾にちいさな紙包みを手渡した。

「なんでしょう」

「相談料です。昼間相談に乗っていただいたでしょう。ところがいくらお払いしたらいいかわからなかったので、和尚さんに教えてもらったのですが」

「ちょっと待ってください。相談料とか和尚さんだとか、てまえにはなんのことだか。それに和尚さんって、一体どなたです」

「巌哲和尚ですけど」

「巌哲和尚とお知りあいなのですか、丑太郎さんは」

「だから、よろず相談屋に信吾さんを訪ねたのではありませんか」

「相談に見えたということですね。ですがそのことについては、ひと言もおっしゃってませんよ」

「よろず相談屋に信吾さんを訪ねたということは、相談に乗っていただいたということでしょう」

言われてみるとそうかもしれない。最初から、二人の思いが喰《く》いちがっていたのだ。

こちらはだれかに信吾のことを聞いて、取り敢えずのつもりでようす見にやって来た客だと思っていたのである。ところが丑太郎にすれば、当然だが相談してもらったということらしい。

「すると丑太郎さんは、悩みごとがあったので相談に見えたということですね」

「だから、そう言ったつもりでしたが」

丑太郎は言ったつもりだろうが、信吾は聞いてはいなかった。ただ「将棋を教えているのですね」とつぶやいたのだから、将棋会所と知らずに来たということである。ということは、相談に来たと察すべきであったのだ。

信吾もぼんやりしていた。「将棋を指しにいらしたのではないようですね」などと、間の抜けた問いでなく、「でしたら相談のお客さまですね」と確認しなければならなかった。

もっとも丑太郎は相談らしいことは言わなかったし、だから信吾も答えていないのである。

「でも、渾名のことから始まって、雑談しただけですよ、わたしたちは」

「そうかもしれませんけど、お蔭《かげ》で自分の中途半端さがよくわかり、なにをどうすればいいのかに気付いたので、すっかり悩みは晴れました。となれば、相談料をお支払いするのは当たりまえでしょう」

将棋会所と相談屋をいっしょにやっているので、どちらの客と決められず、曖昧になってしまうことがある。丑太郎の場合はその典型と言っていいだろう。

相談屋に来る客には、事情やさまざまな仔細《しさい》があるはずなので、ぼんやりしていると相手が本当に訴えたいことや、気持の微妙なところを見逃してしまいかねない。もっと冷静に接しないといけないな、と信吾は自省せずにいられなかった。

「ところが、いくら払えばいいのかわからないので、巌哲和尚に相談なさったということですね。で、和尚さんはどのように」

「わしゃわからん、と言われました。わたしが悩んでいるらしいので、であれば年も近いよろず相談屋の」

「信吾に会ってみればいいと」

「はい。ですのでわたしは言われたとおり、こちらを訪ねて、お蔭で悩みは解消したのです。ところがいくらお礼をすればいいかわからなかったので和尚さんに訊いたのですが、悩みのおおきさに見あう謝礼を払えばいいと言われました。いくら、とは教えてもらえなかったのです。悩みのおおきさに見あう謝礼などという曖昧なことを言われても、見当が付かずに悩んだのですが、まさかそのために信吾さんに相談する訳にいかず、……あれ、ぐるぐる廻りしてますね」

その言い方がおかしいので、二人は思わず顔を見あわせて噴き出した。

「ようやく事情が呑《の》みこめました。そういうことでしたら、ありがたく頂戴いたします」

信吾は紙包みを額のまえで拝むと、懐に入れた。

「調べていただかなくていいのですか。わたしには相場とか、過不足かどうかまではわかりませんので」

「丑太郎さんのお気持ですから、すなおにいただきます」

それを聞いた丑太郎は、晴れ晴れとした笑顔になった。

「これからときどき、寄せてもらっていいですか。相談がなくても、ですが」

「もちろんですよ。わたしたちは気もあうようですし、丑太郎さんと話していると、とても楽しいですから」

「わたしには友達とか知りあいは、少ないほうではないと思います。ところが信吾さんのような人は初めてなんですよ。話してると、今までぼんやりとしかわからなかったことが、なぜかくっきりと見えるような気がしましてね」

「いつでも歓迎します」

「将棋を指さなくても」

「もちろんです。わたしがいないときは先ほどの小僧、常吉と言いますが、伝言していただければ、こんな仕事ですからなんとでも都合は付けますので」

丑太郎は軽やかな足取りで帰って行った。

紙包みを開くと二分金が入っていた。一両の半分である。それが多いか少ないかはわからないが、丑太郎の悩みが解消したのなら十分ではないか。とはいうものの、相談されたと思いもせず、はっきりした答を出した訳でもないのに二分という相談料をもらった点は、いささかうしろめたかった。

巌哲和尚が紹介してくれたのも意外であったが、そうとわかればお礼をしなければならない。それにしばらく顔を見せていないし、と思ったのである。

翌日の昼下がり、信吾は一升徳利を提げて巌哲和尚を訪れた。そして「礼を言わねばならんのは愚僧である」と言われたのであった。

三

「ですが、てまえとしましては、和尚さんにも丑太郎さんにも申し訳なくて」

「そりゃまた、なぜに」

「ご住持は檀家《だんか》のお話、特に悩みごとを聞いてあげるのがお仕事の一つでしょう。それなのに未熟なてまえに廻していただきました。丑太郎さんは和尚さんに相談すれば、タダで悩みごとを解決してもらえたと思います。ところがよろず相談屋に持ちこんだために、相談料を払わねばなりませんでした」

「一概にそうとも言えぬであろう。場合によって、常に一番良い解決方法を模索せねばならんからな」

「と申されますと」

「売り買いであれば、品物の値は決まっておろう。人の悩みは胸の裡《うち》にあって、形も定まっておらねば、大小や重さもまちまちだ。なによりも重要なのは、相談した者がどれだけの満足を得られるか、ということが関わってくるからな。品物とはまるでちがっておる。悩みの質と量は人によってさまざまなので、値が決められぬのだ」

「たしかに、そうかもしれませんが」

「例えば瓦版であれば一枚四文であるな。……おお、瓦版と言えば」と巌哲は、うっかりしていたという顔になった。「宮戸屋は大変な騒動に巻きこまれたが、雨降って地固まるという諺《ことわざ》の、見本のような結果となってよかった。ま、当然と言えば当然であるがな」

和尚が話題を切り換えようとしているのがわかったが、信吾は話を相談料にもどそうとは思わなかった。あの騒動を、巌哲がどう見ているかを知りたかったからだ。

それとなく水を向けてみる。

「和尚さんもご存じでしたか」

「あれだけの騒ぎを知らぬとなると世捨て人だ。寺は絶海の孤島との喩《たと》えは大袈裟《おおげさ》としても、離れ小島という訳ではない。門と塀で遮られておるように見えるやもしれんが、世間との交わりは思っている以上に頻繁でな。わしが木彫りの像のように動かなくとも、人はひっきりなしにやって来る。宮戸屋が商売敵に嵌《は》められて、とんでもないことになったのは、瓦版で散々騒がれたでな」

「お読みになられたのですね」

信吾は思いもしなかったので驚いた。

「おうよ。瓦版が売り出されて半刻もせぬうちに、隅から隅まで読み終えておった」

「そんなに早くですか。でも宮戸屋のことが瓦版に出ていることを、和尚さまはどのようにしてお知りになられたのですか」

「寺から一歩も出なくとも、次々と人が来て話してゆくからわかるのだ。何人もが瓦版を持って来て見せたので、知ろうとしなくともわかってしまう。あの一件だけではのうて、世間の大抵のことはな。庫裡《くり》の中の坊主、大世間を知る。ハハハ、できの悪い駄洒《だじや》落《れ》、いや、お粗末すぎて駄洒落にもならんな」

巌哲は照れ笑いしたのだろうが、信吾はべつの思いにとらわれていた。

「そうでしたか。ご出家とは世俗を捨てて仏門に入った人だと思っていましたが」

「人を救うためにおのれを捨てた者が、世情に疎くては悩める者を救えまい」

「たしかにそうですね」

「なんだ。落胆したようであるな」

「そんなことはありませんが」

「が、どうした」

「今のお話を伺うまで、お寺さんは俗世間とは縁のない別世界だ、とばかり思っていましたから」

巌哲は弾《はじ》けるように笑った。

「そんなにおかしいでしょうか」

「おかしい。笑わずにはおれん」

そう言って和尚は、またしても笑ったのである。

「和尚さん、まじめにお笑いですね」

「どういうことであるか」

言いながらも巌哲は肩を震わせていた。

「てまえはまじめに話しましたので、まじめに笑っていただかないと、こちらの立つ瀬がありません」

「作麼生《そもさん》、説破ときたか。立つ瀬がありませんときたか。まじめもまじめ、おおまじめだ。だからこそおかしい。おかしくてたまらん。立つ瀬がありません、と来るとは思いもせなんだ。信吾の醸す妙な滑稽味というものは、どうやら生得《しょうとく》のものであるらしいな。正右衛門どのと繁さんから、こういう変わり種が生まれるのだから、人というものはおもしろい」

ひとしきり笑った巌哲が真顔にもどったので、信吾は気になっていたことを訊いた。

「和尚さんは先ほど、当然と言えば当然だがとおっしゃいましたね。雨降って地固まるのあとで」

「ああ、言うたが」

「なぜ、当然だと」

「占野傘庵と名乗る医者が、正右衛門どのに捻《ね》じこんだと瓦版にあった」

「はい」

「そこで、庫裡の中の坊主云々《うんぬん》、となるのだ」

「禅問答のようで、てまえにはさっぱりわかりません」

「傘庵がいかがわしい医者だということは、檀家からいろいろと小耳に挟んでおった。

その傘庵が絡んでおるとなると、まともに行く訳がないなと思いながら読み進めたのだ。案の定、見舞金を出させることで話を付けようとしたとある」

「瓦版には、父が一人当たり一両出して頬被《ほおかむ》り、と叩《たた》かれましたが、傘庵が持ち掛けた見舞金は五両でした。話しあいで父は三両出したのに、医者は一両を猫糞《ねこばば》して二両しか患者に渡していません。一人一両で十二人分を自分の懐に入れたのです。もっとも患者も、騙《かた》り仲間の偽患者でしたけれど」

「町方も馬鹿ではないから、傘庵の悪事を暴かずにおくまいと見ておったが、そのとおりになったではないか。あとから出た瓦版の見出しに、『人を呪わば穴二つとはこのことか』とあったが、まさに言い得て妙であるな」

「和尚さんは、そこまでお見透しだったのですか」

「遅かれ早かれそうなるしかなかろう。因果応報ということだ。でなければ正直者が馬鹿を見る。天網恢恢疎《てんもうかいかいそ》にして漏らさず、ということだ」

　実は信吾には、「人を呪わば穴二つ」の意味がよくわからなかったのである。

「恥ずかしいことをお訊きしますが、人を呪うとなぜ穴が二つなんですか。そのまえに、一体なんの穴ですか」

「知らぬことを聞くのは恥ではない。知らないのに知った振りをするほうがよほど恥ずかしい。穴は墓穴のことだ。人を呪うことはだれにもあってふしぎではない。ときと場合によっては、殺したいと思うほど呪うこともあろう。よい例が丑の刻参りだが」

丑の刻（午前一時から三時）、神社の御神木に憎い相手に見立てた藁人形《わらにんぎょう》を、釘《くぎ》で打ちこむ呪術である。丑三ツ刻（二時から二時半）と、さらに限定する場合もあった。

顔に白粉《おしろい》を塗って白装束を身にまとい、頭に三本の蠟燭《ろうそく》を立てた鉄輪《かなわ》を被《かぶ》っておこなうそうだ。一本歯の下駄か高下駄を履き、胸には鏡を吊《つる》して、藁人形に五寸釘を打ちこむのである。

これを連夜繰り返し、七日目で満願となって相手は死ぬが、人に見られてはならない。鉄輪は五徳《ごとく》で、髪を振り乱した頭に逆さに被ると、三本足なのでこれに蠟燭を立てる。

「白粉を塗って髪を振り乱し、というから女だな。それも真夜中だけに、おどろおどろしい」

「なぜ女なのでしょう。殺したくなるほど人を呪うことは、男にだってあると思いますけど」

「男なら、真夜中に七日も神社に通うような七面倒なことはせず、ひと思いに憎っくき相手を殺してしまう。非力な女にはそれができぬから、ひたすら呪うしかない」

「それにしても、丑の刻とか三本の蠟燭、五寸釘、七日目などと、決まり事やしなくてはならない約束事が多くて、人を呪うのも簡単ではないですね」

「憎しみの強さを、おぞましさを強めるために、これでもかこれでもかと付け加えていったのだろうよ。一本歯の下駄もあるので、一、三、五、七と奇数が並ぶところからしって、いかにも作り物っぽくはある。だが書き物なり絵になって一度世《ひとたび》に知られると、困ったことに多くの者が真に受けてまねるのだ」

「真夜中にそんな恰好《かっこう》で神社に出掛けるのですから、女の人は怖いでしょうね」

「怖くない訳がない」

「思い描いただけで、てまえなどは身が竦《すく》みますもの」

「それを感じない、あるいは忘れさせるほど、女の妬みは凄《すさ》まじいということであろうな。ところで」と、巌哲は間を取ってから続けた。「横道に逸《そ》れたが、なぜ穴が二つなければならぬかということであったはずだ」

信吾は丑の刻参りの強烈さのために、巌哲に訊こうとしていたことをすっかり忘れていた。

「すみません。こんなことでは、相談屋のあるじは失格ですね」

「わしが客でなくてよかったな」

「畏れ多くて、和尚さんをお客さんになどできはしません」

「ともかく怨念《おんねん》でもって、人を呪い殺そうとするのであるから凄まじい。穴の一つは呪い殺された者を埋める墓穴だ」

「わかりました。もう一つは呪ったほうの、ですね」

「そういうことだ。ゆえに、人を呪わば穴二つ、となる。深田屋の筋ちがいな恨みでもって、宮戸屋は酷《ひど》い目に遭《お》うたようだが」

「はい。一時は、再起は難しいのではないかと危ぶんだほどでした」

「しかし宮戸屋は持《も》ち堪《こた》えて立ち直り、以前にもまして繁盛しておる。一方の深田屋は」

「よくは存じませんが、休業されているようですね」

「商売敵を悪辣な手を用いて陥れようとしたのであるから、世間は決して許しておかぬ。廃業に追いこまれるは必定。ということで、絵に描いたような因果応報となったということだ。信吾の強運が宮戸屋を救ったのだろうよ」

「てまえの強運でございますか」

「以前にも話したはずだ。信吾は三歳で大病を患ったが、あのあとでご両親が改名の相談に見えたことがある。わしが信吾の名付け親だからな」

息子が大病に罹《かか》ったので名付け親に改名の相談をするのは、命名がよくなかったと思っていると取られてもしかたがない。気を悪くするだろうし、相手によっては怒り出すかもしれないのである。

「だがな、子を思う親の心に勝るものがあろうか」

発病から治癒までの一部始終を、黙って聞いてから巌哲はきっぱりと言った。

「改名の要はありませんな。むしろ信吾という名ゆえ、それだけの大病を患いながら、かくも軽微にすんだのです。よろしいか正右衛門どの、ご子息は稀《まれ》に見る強運の持ち主ですぞ。ま、大患のあとゆえ不安ではあろうが、拙僧を信じなされ。むしろ、向後の病いを先んじてすませたと考えられたが、よろしかろう」

とても楽観できる状態でないのはわかっていたが、自分の願いをそのまま言葉にしてくれたに等しい和尚の言葉に、正右衛門は一も二もなくしがみついた。

信吾は強運の持ち主だと和尚に言われたということは、父からも母からも、そして祖母からも繰り返し聞かされていた。

もしかすればそうかもしれないな、と信吾自身も思うことが何度もあったのである。

「ところで信吾」

「はい」

「鍛錬を怠っておらぬようで安心したぞ」

「よろず相談屋も将棋会所も、人の出入りは自由です。いつ、どのようなお客さまがお見えになるか、またお客さまが困ったことになるかは、まるで見当もつきません。ですがなにがあっても、お客さまをお守りしなければなりませんから」

そこまで言って、信吾はなぜ巌哲が鍛錬のことに触れたのだろうと、ふしぎな思いがした。

「今日はまだ、棒術も剣術もお手あわせしていただいていませんが、なぜ鍛錬を怠っていないとおわかりなのですか」

「手を見れば一目瞭然である」

言われて信吾は掌《てのひら》を、そして裏返して手の甲を見た。巌哲がなにを見てそう言ったのか、まるでわからなかった。

「どういうことでしょうか」

「人差指と中指の二つ目の節、その内側に胼胝《たこ》ができておるが、それを見れば、どの程度励んでおるか、それとも怠けておるかは自然とわかる」

信吾は両手を開いて、まじまじと見たが、言われてようやくわかるほどでしかない。そんなわずかな変化に、巌哲は一瞥《いちべつ》しただけで気付いたのだ。

となるとやはり、と信吾は思った。いや、ほとんど確信したと言ってよい。

これまでも訊こうと思ったことはあったが、どうしても訊けなかったことを、思い切って訊いてみよう。いや、やはりまずいのではないかと逡巡《しゅんじゅん》した。なぜなら、それによって巌哲とのこれまでの関わり方に、変化が起きるかもしれない。激変するかもしれないからである。

関係を壊したくないとの思いと、やはり知っておきたいとの思いがせめぎあったが、ついに知りたい思いのほうが勝った。

胸に詰めていた息とともに、信吾は言葉を押し出した。

「和尚さまはお武家だったのでしょう」

四

言ってしまった、との思いが胸いっぱいに拡《ひろ》がる。途端に、やはり言うべきではなかったのだとの後悔が、先の思いを塗り潰してしまった。

巌哲が黙ってしまったこともあってか、沈黙が重くのしかかる。とんでもないことを、言ってしまったとわかったからだ。

「なぜにそう思う」

普段と変わらぬ、おだやかな物言いが返って来た。なんでもない問いなのに、言われると、うっかりしたことは答えられないとの思いが心の裡に拡がった。

「これまで絶えず感じていましたし、ほとんどまちがいないだろうと、何度も思ったものですから」

「そのように見られている、思われているとは気付きもせなんだが、例えば」

「人差指と中指の、二つ目の節の内側にできた胼胝ですが」

「気付いたから言うたまでであな」

「てまえは言われて初めて、自分の目で見てわかりました。普通の人が、そんなことにまで気付くとは思えません」

「それだけで愚僧をもと武士だと決め付けるのは、根拠が十分とは言えまい」

「てまえは九歳から和尚さんに、棒術と体術を教えていただきました。武器を持たぬ者が身を護《まも》るための術、護身の術だと言われました」

「護身とは、もともとは唐土《もろこし》の河南省にある嵩山少林寺《すうざんしょうりんじ》の坊さんが、徒手空拳で身を護ることから始まったとされておる。つまり棒や杖《つえ》すら持たずに、己《おの》が体だけで、武器を持った相手から身を護る術《すべ》を編み出した少林拳だな。少林寺拳法とも言われるようになった。それが濫觴《らんしょう》とされている。なに、武器を持たぬ者が身を護る術は各地で工夫されていたはずだが、少林寺が有名だから最初とされたのであろうな」

「てまえは十五歳からは、和尚さんに剣術を教えていただいています。棒術や体術とちがって、剣術は護身の術ではありません。それを教えられるのは、お武家だからでしょう」

「町人であっても町道場に通い、相当な腕の者はおる。愚僧は出家するまえ、町道場に通ったことがあるでな。信吾に教えるくらいのことはできるのだ。ゆえに武家と断定するのは早計であろう」

「てまえは十七歳で、和尚さんに鎖双棍《くさりそうこん》を教えていただきました。基本はブン廻しにあり、鍛錬を積めば振り廻しても鎖の繋《つな》ぎ目が見えるようになると教わりました」

「それが人差し指と中指の節に胼胝となっておる。だから鍛錬を怠っていないとわかったのだ。鎖双棍は護身具ゆえ武士は使わぬし、使う必要もない」

「だから和尚さんが武家の出でないとも言えません。てまえがよろず相談屋だけではやっていけないので、将棋会所を併設しようと思うと言ったことがありました。すると勝負には付きものの揉《も》め事《ごと》が起こらぬよう、取り決めを壁に貼り出すがいいだろうと忠告していただいたのを、憶《おぼ》えてらっしゃいますか」

「ああ、そういうことを言ったな」

「その例として、どこの道場にも『正当な理由なく私闘に走りし者は、理由の如何《いかん》に拘《かか》わらず破門に処す』のような、道場訓が掲げてあると教えていただきました」

だから「待ったは禁じ、常習者は出入りをお断りすることがあります」などと、壁に貼り出すがいいと言われたのだ。もっともだと思った信吾は、将棋会所「駒形」の壁に言われたとおりの一文を掲げた。

「例としてすぐさま道場訓が出て来たのは、もとお侍だからにちがいありません」

「道場訓は町道場にも掲げてある。決め手にはならんぞ」

「なぜ揉め事についての決まりを出すべきかの理由として、聞いた話ではあるがと断った上で、和尚さんはこんな話をされました」

二人の若い武士が将棋を指していた。甲の妹を乙が娶《めと》る話が決まっていたほど、かれらは仲が良かった。

ところが途中から酒を飲み始め、いつしか酒がすぎたこともあってか、待った待たぬで揉めてしまったのである。普段ならそこまでならなかっただろうが、酔っていたから始末が悪い。

「これぐらいのことで、なにも目くじらを立てることはあるまい」

「なにを申す。待ったなしでやろうと言ったのはおぬしではないか。それなのに待ってくれとは、武士として恥ずかしくはないのか」

言われてカッとなった甲が、酔いのために体をぐらつかせながら大刀に手を伸ばしたから、乙も黙っていない。

互いに抜きあったが甲のほうがわずかに早く、袈裟《けさ》懸《が》けに乙を斬り倒してしまった。

「ふん、ふざけおって」

言いざま、残っていた酒を一気に飲み干し、大の字になって大鼾《おおいびき》。

翌朝、目覚めて友の骸《むくろ》と、自分の手に握られた血刀を見た男が、驚くまいことか。とても生きてはいられぬと、自分の短慮を恥じ、腹を掻《か》き切って果てた。

兄を起こしに来た妹がその惨状を目にした。兄が許婚《いいなずけ》を斬り殺し、自分も腹を切ったのだ。これではとても生きていけないと、懐剣で咽喉を突いてこちらも果ててしまった。

　将棋の一手を待つか待たぬかだけで、三人が若い命を落としたのである。

「こんなふうにお武家同士の挿話がすんなりと出て来るのは、身近にそんな人がいらしたか、和尚さんがその世界のご出身だからだと思います。やはりお武家さんだったのでしょう」

「聞いた話ではあるがと言ったが、実のところは、よくわかるようにと即席でこしらえた話だ」

「えッ、作り話ですって」

「坊主がよく用いる技《て》だ。信吾はすなおに聞いておったのか。あの話を変だとは思いもしないで」

「だって、和尚さんが嘘を吐《つ》かれるはずがないですから」

「嘘ではない、作り話だ」

「作り話ということは、事実ではないのでしょう」

「言いたいことを、もっともわかりやすく伝えるために作った話であって、これは嘘ではなく方便《ほうべん》と言う」

　言っていることはわからないでもないが、信吾は巌哲に言《い》い包《くる》められたという気がしてならなかった。

「かもしれませんが、和尚さんが話されるとてまえの受け止め方がちがってくるのです」

「この話からすると、妹は朝になって兄の部屋に行くまで」と、巌哲は言った。「兄が許婚を斬り殺し、自分も腹を切ったことに気付かなんだことになる」

「そう、おっしゃいました」

「変だと思わんか」

五

「どこがでしょう」

「いかに広いお屋敷か知らんが、酒を飲めば自然と声もおおきくなるので、喧嘩《けんか》すればおなじ家《や》にいる者が気付かぬはずがなかろう。斬り倒されたのだから、ドシンと派手な音がする。何部屋か離れておったとしても、妹は、でなくとも屋敷のだれかが気付くはずだ」

「なるほど、たしかに」

「それに自分の許婚が家に来ておるのだ。帰るなら挨拶するし、泊まるならそれなりの世話もある。そういうことは武家と商家に差がある訳ではない。ゆえに朝になってから気付くというのは変であろう」

「和尚さんのおっしゃるとおりですね」

「となれば、そんな事実はなかったということだ。嘘か、でなければ相手を説得するための作り話だろうと、冷静であればそこに考えが行き着く」

「うーむ」

信吾は呻《うめ》いてしまった。言われてみればまさにそのとおりである。

「もっとおかしな点があるのに気付かぬというのも、信吾らしくない」

「と申されますと」

「妹の許婚を斬り殺した兄が、残っている酒を飲み干して寝てしまう。変だと思わなんだか」

「少し、変だとは」

「おおいに変だ。いかに酔っておろうと、親友を斬り殺した男が、大の字になって大鼾をかいて寝られる道理がなかろう」

ふたたび信吾は呻いた。短い話の中に、決定的に不自然な部分が二箇所もあったのに、自分がそのどちらにも気付かなかったからである。

「どうした、元気がないではないか」

「なんだか自信がなくなりました」

「急に気弱になりおったな」

「てまえは、そんなことにさえ気付かなかったのです。こんなに鈍くても、相談屋をやっていけるでしょうか」

「いけるとも、現にやっておるではないか」

「このあと続けられるでしょうか」

「続けられる。だれだってそんなことに気付かぬし、気付かなんだとしても、人の相談に乗ることはできるからな。それより信吾、大事な話はまだ終わっておらんぞ」

「大事な話とは」

「愚僧がもと侍であったかどうか、ということである」

信吾としては終わったつもりであったが、巌哲にとってはそうではないらしい。

「信吾はたしか二十歳《はたち》であったな」

「はい」

「すると物心が付いて十五、六年か。その間にあったことを細かなことまでよく憶えておるので、ほとほと感心いたした。それらをあれこれ重ねあわせて、この巌哲の出自が武家にちがいないと思い至ったという訳だな」

「いえ、そういう訳でも」

「興味本位ということか」

信吾は、真剣を突き付けられたような思いがした。

これまで心の裡で思っていたことを、つい吐露してしまったくらいの気持であった。訊いてみようと思ったときは軽い気持であったのに、改めて問われると、自分の感じていたよりも遥かに重い内容である。

巌哲が気を悪くするのは当然だろう。

「和尚さんはてまえの名付け親ですが、命の恩人でもあるのです」

「それは信吾の強運のためであって、なにも愚僧のせいではなかろう」

「いえ、教えていただいた鎖双棍のお蔭で、命拾いをしましたから」

じっと見てから巌哲がニヤリと笑ったところからすると、心から怒っている訳ではなさそうだ。

「作り話ではあるまいな」

「咄嗟《とっさ》に作り話ができるほど、てまえは器用ではありません」

「聞かせてもらおう」

将棋会所と相談屋を始めるまえであったが、信吾は向島の寺島にある豊島屋の寮に、甚兵衛を訪れたことがある。将棋を指して遅くなった帰途、辻斬《つじぎ》りに襲われたことがあった。

「懐から鎖双棍を出すと同時に両手で柄を握って左右に開き、張った鎖で賊の大刀を受け止めました。直ちに鎖を刀身に絡め、足払いで相手を倒して難を逃れることができたのです。予想を遥かに超える護身具だと、使ったてまえが驚いたほどの威力がありました」

「それは知らなんだが、役に立ててなによりだ。だが信吾」

「はい」

「鎖双棍を過信してはならんぞ。どうせ物取りの痩せ浪人であろうから、鋼《はがね》の鎖で刀を受け止められたが、一流の剣術遣い、鍛え抜かれた名刀に掛かると、とても受け止められるものではない」

「知りませんでした」

「名工の作になると、兜《かぶと》でさえ切り割ると聞いておる」

それを知っているのは武家だからこそではないか、とますます思いを強くするが、口には出さない。

それよりもぞーッとなった。襲ったのが貧乏御家人なので大過なかったが、場合によっては鎖もろとも頭を真っ二つに切り割られていたかもしれないのだ。思わず唾を呑み、掠《かす》れた声で言った。

「はい。これからは、あとも見ずに逃げることにします」

「それが一番」

「足にだけは自信がありますから」

「で、話をもどすが、愚僧がもと武士であればどうなのだ」

「どうと言われましても。ただ、てまえがそんな気がしたというだけですから」

「であれば、そういうことは軽々《けいけい》に問わぬことだ。心で思うだけにしておけ。なぜかと言うと、穿鑿《せんさく》しても意味がないだけでなく、悪い結果しかもたらさぬからな」

「悪い、と申されますと」

「人を見る目を曇らせることになる」

目の光、その強靭《きょうじん》さが、極めて重要なことを言おうとしていることを感じさせたので、信吾は思わず背筋を伸ばした。

「人に接するときは向きあって、その人物のみを見なければならぬ。わかるか」

「はい。いえ。なんとなくしかわかりませんが」

「正直でよろしい。つまり着ている物とか、持ち物などに惑わされてはならぬということだ。さらに言うと、身分、位、住んでいる家とか、その人に纏《まつ》わることには一切目を向けずに、その人物だけを見るようにせねばならん。となると、信吾にはわかるであろうな」

「穿鑿は人の真の姿を見ることの邪魔をする。人物の周辺を廻るばかりで、その人物に向かうことをしない、ということでしょうか」

「関心を抱くこと自体は特に悪いとは言わんが、人や物事を紗幕越《しゃまくご》しに見てはならんということだ」

「あッ、思い出しました」

「ん、どうした」

「てまえは和尚さんに、悩んでいる人の手助けをするために相談屋を開きたい、と話したことがあります」

「それだけではやっていけぬだろうから、将棋会所を併設するつもりだと聞いて、若いのにそこまで考えるかと驚いたものだ」

「あのとき言われたのですよ、今日とおなじようなことを」

「そうだったかの」

「天真爛漫《てんしんらんまん》に、天衣無縫《てんいむほう》に生きるがよい。そう言われました」

それを不意に思い出したのである。巌哲は一語一語ゆっくりと、噛んで含めるように言ったのだった。

天真爛漫に、天衣無縫に生きるがよい、のあと、巌哲はこんなふうに続けた。

ろくでもない世俗の知識、知恵などに拘《こだわ》らぬことだ、と。世塵にまみれると目が曇り、真《まこと》が見えぬようになる。だから他人《ひと》の言うことは気にせず、自分の裡なる声に従って生きるがよい。それに徹すれば、かならず道は開ける。徹すること、中途半端にならんことだ、と。

よろず相談屋と将棋会所「駒形」を開いてから、ほどなく一年になろうとしている。相談屋はともかく、将棋会所は客も定着したので安心し、自分は緊張を欠いていたようだ。

初心に帰るのだ。常に初心に帰らねばならない。

慢心しては先に進めなくなる。それどころか後退しかねないのだ。

棒術、剣術、鎖双棍で汗を流し、巌哲和尚に礼を述べて信吾は帰途に就いた。

軽い足取りで帰りながら、ふと丑太郎の言葉を思い出したのだった。信吾と話していると、今までぼんやりとしかわからなかったことが、なぜかくっきりと見えるような気がする、と丑太郎は言ったのである。

信吾は巌哲と話していて、やはりおなじ思いがしたのだった。和尚と話していると、まるで鏡を見るように、そこに信吾の姿が映し出されるのかもしれないという気がした。おそらく自分を喪《うしな》いかけていたのだ。巌哲がそれに気付かせてくれたのである。

そう言えば明日は手習所が休みだな、と思うとなぜか心が浮き浮きしてきた。子供たちの顔が見られるのだ。ハツ、留吉、正太、彦一《ひこいち》、保助《やすすけ》たち、そして信吾の傍らにはいつも常吉がいる。

子供たちの顔が目のまえに浮かび、心が弾んだ。足取りが軽い。

自分がやりたい相談屋のために、日銭をもたらしてそれを支える将棋会所「駒形」。補助的にしか考えていなかったのに、その比重が日々増して来るのを信吾は感じていた。いつしか将棋会所が、相談屋とおなじくらい大事になってきたのだ。

丑太郎の言う大八車の両輪にしなければな、と信吾は思った。

隣はなにを

一

「子供では話にならぬ」

信吾が八畳間で指導対局をしていると、挨拶に出た小僧の常吉に対してだろう、高圧的な声がした。張りのあるよく透《とお》る声で、あの声は、と思ったところに常吉がやって来た。

「あの、旦那さまでなければと」

「はい、わかりました」

信吾は指導対局の客に断って席を立ったが、声の主は隣家の爺《じい》さんであった。挨拶しても無視するので話したことはない。もっとも滅多に顔を見ないが、なぜなら爺さんはほとんど外出しないからである。

なんでも、御家人のご隠居だとのことであった。

ご新造に先立たれ、息子の嫁と折りあいが悪いので、本所から浅草の黒船町に移って一人暮らしを始めたと聞いている。なかなかの一刻者《いっこくもの》らしく、頑固な上に威張り散らすので、棒手振《ぼてふ》りの小商人《こあきんど》には、爺さんの家を避けて通る者もいるらしい。ときに武家がやって来るが、年恰好《としかっこう》からしておそらく息子だろう。親子のあいだの往《ゆ》き来《き》もほとんどないようで、来ても用件を伝えるとそそくさと帰って行くようだ。

べつに注意している訳ではないが、人が訪ねて来たのを見たこともない。ときおり浄瑠璃《じょうるり》のひとくさりを唸《うな》っているところからすると、咽喉《のど》は鍛えられているはずである。よく透る張りのある声であった。

将棋客がほとんどいないときに、若いころは遊び人だったらしい商家のご隠居が聴《き》き惚《ほ》れていたことがある。「とても素人とは思えませんね」と、感心していたほどだ。

浄瑠璃を語るような趣味人には、同好の士がいるし、発表会を開いたりするものだ。なんとか理由を付けて人に聞かせようとするが、迷惑がられるので、料理や酒を餌に会を設ける者もいると聞いたことがある。

ところが隣家には、仲間らしき人が集まることもない。そもそも爺さんが、いつ、どこで、どのような経緯《いきさつ》で浄瑠璃を語るようになったのか、信吾にはそれがふしぎでならなかった。

「お待たせして申し訳ございません。当将棋会所のあるじで、信吾と申します」

母がこういうことはちゃんとしなければと言ったので、両隣と町内の世話役や町役《ちょうやく》人《にん》には、手拭を持って挨拶廻《あいさつまわ》りをしていた。だが信吾は改めて名を告げた。

老人は背丈があるのだが痩せていて、異様に長く見える首には何本もの筋が張っている。目はおおきくて鋭い。どことなく鶴のような雰囲気があった。

手の甲には血の管が浮きあがり、指は節榑立《ふしくれだ》っている。

その鶴が言った。

「隣家に住まいする者である」

張りのある声でそう言ったものの、名は名乗らなかった。引っ越しの挨拶をしたことは忘れたのだろうか。そう言えばあのときも名乗らなかったのだ。

「存じあげております。艶のある声で浄瑠璃を語られてますので、あそこまで咽喉を鍛えられたからには、余程の修業をと感心いたしておりました」

やって来た理由に思い当たったので、出鼻を挫《くじ》こうと先手を打ったのだが、ねらいどおり意表を衝《つ》くことができたようだ。

「控え目にやっておるのに、聞こえておったか。それが迷惑だと申したいのだな」

「とんでもないことでございます。素人離れした見事な節廻しで、勝負を忘れて聞き入ってしまうことさえたびたびでして」

爺さんは口に拳を当てて、コホンと空咳《からせき》をした。思ってもいない展開になったからだろうが、すぐに意地悪そうな目に変わった。

「ふん、見え透いた世辞で取り繕うつもりであろうが、腹の裡《うち》は見えておるわ」

信吾は言われた意味がわからないというふうを装い、首を傾《かし》げて見せた。

「どうせ、蜀山《しょくさん》の戯《ざ》れ唄《うた》とおなじ気でおることくらいわかっておる」

「はぁ？」

間抜けな顔をするには、かなりの努力が必要であった。こうなったら、まったく訳がわからない、で通すしかない。

「蜀山」とそこで切って、爺さんは言い直した。「蜀山人のよく知られた狂歌だが、一度くらいは聞いたことがあろう」

「その名前は聞いたことがあるような、ないような」

「まだ青い素人《しろと》浄瑠璃玄人《くろ》がって赤い顔して奇な声を出す、だ。五色を織りこんだと得意になっておるらしいが、くだらぬ自慢をするものよ」

「五色でございますか」

信吾がまじめくさった顔で訊《き》くと、爺さんは「青い」の青、「素人」の白、「玄人」の黒、「赤い顔」の赤、「奇な声」の黄、と並べ立てた。

「あッ」と、信吾は口の中で繰り返しながら指折り数えた。「青、白、黒、赤、黄。ほんとだ、たしかに五色ですね。へぇー、知りませんでした」

うれしそうに顔を輝かせかけて、あわてて真顔にもどした。あまりおもしろがると、爺さんの浄瑠璃が蜀山人の狂歌とおなじだと、認めることになるからだ。

「その狂歌のとおりだなどと、とんでもないことでございますよ。随分と粋なお方がお住まいだと思っておりました。ですから、そんな風流なお方が、どのようなご用件でお見えになられたのかと、訝《いぶか》っていたのです」

勝手がちがったのか、信吾の対応が予想外だったのか、爺さんはもう一度空咳をした。

「月に幾日かではあるが、子供らが騒ぐことがあろう。今日もそうだな」

やはりそのことかと信吾は合点がいった。

手習所が休みの一日、五日、十五日、二十五日は十代前半の若年組《じやくねんぐみ》が、多ければ十人以上もやって来る。子供だからはしゃぐし、騒ぐし、「待った」「待たない」で喧嘩《けんか》を始めることもあった。子供は声が甲高い。客の大人たちは大目に見ているが、度が過ぎるとだれかが注意するし、それでも静かにならないと叱り付けた。

もちろん信吾も放任せず、あまりひどいと「席料返して出てってもらうぞ」と、伝家の宝刀を抜くこともある。大抵はそれで静かになった。

八畳と六畳が続く表座敷は庭に面しているが、庭の右手は垣根で遮られている。背伸びすると隣家の庭が、そして首を伸ばせば縁側や座敷の一部が見えた。

垣根の上から顔を出して、爺さんが「静かにせんか。書を読む邪魔だ」と呶鳴《どな》ったことがあった。

「おっかねえ」「カミナリ爺《じじい》だ」などと首を竦《すく》めて鎮まるのだが、子供のことゆえ、しばらくすると忘れてしまうのである。

「手習所が休みの日には子供らが集まりますので、騒がしくして申し訳ありません。叱りはするのですが、あまり押さえ付けますと、伸び伸びと育たなくなると思いまして」

「それがいかん。気を付けて静かにさせませぬと、たちまちだらしのうなるものだ」

「はい。気を付けて静かにさせますので、どうかご容赦願います」

「浄瑠璃がうるさいのであれば、当方も気を付けるといたそう」

「いえ、そのことでしたらお気遣いいただかなくても、決して苦にしている訳ではありません。あ、あの」と、信吾はあわてて付け足した。「立ち話ではなんですので、どうかお上がりください。すぐにお茶などお出しいたします」

「伝えることを伝えさえすりゃ、長居する気はない。ともかく伝えたでな。以後は寛大にはなれんぞ。年寄りは癇癪《かんしやく》を起こすと相場が決まっておるが、わしはその年寄りであるよってな。心得ておかれよ」

「はい。以後はくれぐれも気を付けるようにいたしますので」

信吾が神妙な顔で言うと、まだなにか言いたそうではあったが、爺さんは踵《きびす》を返して帰って行った。初《しよ》っ端《ぱな》に「艶のある声で浄瑠璃を」とか、「素人離れした見事な節廻し」などと先手を打ったのが功を奏したらしい。

格子戸の外に出ると、爺さんの後ろ姿に深々と頭をさげた信吾は、日和《ひより》下駄の音が隣家の門内に消えるまでその姿勢を崩さなかった。

「いやあ、それにしてもお見事でした」

信吾が屋内にもどるなり、豊島屋のご隠居甚兵衛が八畳間から声を掛け、続けて常吉に言った。

「常吉どん。席亭さんにお茶を淹《い》れてあげておくれでないか。さぞや咽喉がお渇きのことだろう」

「へーい。そう思って用意しておりました」

信吾が八畳間にもどって坐《すわ》ると、常吉が膝のまえに小盆に載せた湯呑茶碗《ゆのみぢゃわん》を置いた。

数ヶ月前には、だれがこれほど気の利く常吉を想像できただろうか。

「それにしても席亭さん」と、ほとほと感心したというふうに甚兵衛が言った。「ご両親の料理屋を継いでも、いい商人《あきんど》になられたでしょうな。見事なあしらいようでした。御家人のご隠居さんは、呶鳴りこむつもりだったのですよ」

「まさか」

信吾が笑うと、べつの客が真顔で言った。

「そうですとも。頑固で偏屈な嫌われ者だから、あれじゃだれも寄り付きゃしません。一人で寂しく暮らすしかないでしょうな」

「寂しいのかなという気は、少ししましたけど」

「だとしても、自分が招いたのですから自業自得ではありませんか」

「子供たちが楽しそうに騒いでますから、ご自分もその輪に入りたかったのかな、と思ってましたので」

「ああ」と甚兵衛は嘆息し、もう一度繰り返した。「ああ、席亭さんはどこまでお人好《ひとよ》しなんだろう。気持を伝えたからには次は寛大に見すごす訳にいかないぞと、最後通《つう》牒《ちょう》を突き付けたのですよ。この次は、今回のように穏やかにすむ訳がありません」

「甚兵衛さんは心配性ですねえ。気にしすぎです。だれもがそんなふうに見るから、あのように振る舞われるようになったのだと思いますけどね」

「てまえは以前から呆《あき》れ返りながらも、胸に収めてまいりましたが、正直に申します」

「どうなさいましたか、急に改まったかと思うと、硬い顔をなさって」

「席亭さんのその人の好さ、他人を疑わぬご気性を、てまえは美徳だと思って好意的に見ておりました。なぜなら、自分がそうなれないからです。同時にハラハラせずにいられなかったのですよ。わずか一厘、いや一毛ずれただけで破滅しかねないですからね。そして今、それを強く感じたのです。とうとう、ずれてしまわれたと」

「なんだか大袈裟《おおげさ》だなあ。甚兵衛さんは深刻すぎるというか、取り越し苦労をされてるという気がしてならないのですがね」

「あの、いいですか」

控え目に言ったのは、通うようになってほどなく将棋会所「駒形」の雰囲気をがらりと変えた、天才将棋少女のハツであった。

「あたしも、あのお爺さん、寂しそうだな、あたしたちの話の輪に入りたいのじゃないかしらと思ったわ」

「ああ、おいらも」

若年組の親玉のような留吉がハツに同意すると、何人もが同調した。気になってならないらしく、いつの間にか子供たちが集まっていたのである。もっとも留吉の場合はことあるごとにハツの気を惹《ひ》こうとしているので、同意したからと言ってそれが本心とはかぎらない。

「そんな甘っちょろいものでは、ないのですがね」

甚兵衛はそう言ったものの、信吾やハツたちを説得できぬと思ったのか、次を続けようとはしなかった。

「てまえに考えがありますので、お任せいただけませんか」

信吾がそう言って客たちに笑みを向けると、だれもが静かにうなずいた。

二

「夜分に畏れ入ります」

信吾がそういうと、老人とは思えぬ張りのある声が応えた。

「だれだ」

「隣で将棋会所をやっております信吾でございますが、お邪魔ではないでしょうか」

「ああ、大いに邪魔だ」

「でしたら、また寄せてもらいます」

「待て」

人の立つ気配があり、襖《ふすま》が開けられて行灯《あんどん》の灯が漏れると、ぼんやりと明るくなった。のそりと御家人の隠居が部屋から出て来たが、行灯を背にしているので表情はわからない。

「用があるゆえ、まいったのであろう」

「はい。ですがお邪魔なようですので」

「ああ、邪魔ではあるがな、来たからにはともかく上がれ」

信吾は酒の徳利を提げていたが、隠居がそれを見たかどうかは、顔が暗くてわからなかった。

夜、庭に出て木刀の素振りや鎖双棍《くさりそうこん》で鍛錬していると、隣家のほうが微《かす》かに明るく感じられたことがあった。垣根の上からそっと窺《うかが》うと、手燭《てしょく》と貧乏徳利を横にして隠居が縁側に坐り、湯呑らしき器で酒を飲んでいた。月の出ていない晩なので、手燭の灯《あか》りですら明るく感じたのである。

隠居が酒を飲むことはわかっていた。

「ですがお邪魔になってはいけませんから」

「すでになっておるわ。それに、また寄せてもらうと申したではないか。用が片付くまでは、何度でもまいる気でおるのだろう」

「ですので、お暇なときに」

「暇なときなどない」

隠居が部屋に入ったので、信吾は仕方なくあとに続いた。

室内はすっきりしている。

ほぼ中央に書見台。台上には開かれた書物が置かれ、文机《ふづくえ》には硯《すずり》、墨、筆、水差し、料紙、文鎮などがきちんとそろえられていた。横の畳には十冊ばかりの綴《と》じ本《ほん》が、壁際にも何段かが積まれている。書見台の左横に行灯という配置だ。

それだけであった。

一間幅の床の間があるが、花も活《い》けられていなければ置物もない。書や画の軸も掛ってはいなかった。すっきりしていなくもないが、はっきり言って殺風景である。

「なにをぼんやりと突っ立っておるのだ」

書見台のまえに坐った爺さんが、顎をしゃくって示したので、信吾は向きあうように座を占めた。

「それはなんであるか」

言われて隠居を見ると、目は酒徳利に向けられていた。

「お詫《わ》びにご酒《しゅ》を、お飲みいただこうと思いまして」

信吾は言いながら、徳利を老人のまえに押し出した。

「なぜ詫びる」

「子供らが騒ぎ、ご迷惑をお掛けしておりましょう」

「その件はすでに片が付いたはずだ。わしの浄瑠璃もうるさきゆえ、双方が控えるということで話は終わっておる」

「ではありますが、子供ですのでこのあとも騒ぐと思いまして」

「わしは静かにすると申しておるのに、そのほうには毛頭その気がなく、子供の騒ぐままにしておくつもりか」

「いえ、そうではございません。もちろん騒げば叱ります。しかし子供らが会所に来ますのは、手習所が休みの日ですから、月にわずか四日だけでございますよ」

「たとえ一日であろうと、いや一刻《いっとき》（約二時間）、半刻（約一時間）であっても、うるさいものはうるさい」

「ですから、なるべく静かにさせるつもりでございます」

「ふん。予《あらかじ》め逃げの手を打ちくさって」

「いえ、そのような姑息《こそく》なことは」

「なるべく、とか、つもりで、と申したではないか」

「え、ええ」

「極力そうしたいが、できぬこともあると、先んじて弁解しておろう。それを姑息と言わずになんとする」

グゥの音も出ない。

老人の言うことは正論である。酒を手土産に謝れば、なんとかなるだろうと思っていたが、どうやら甘かったようだ。

「おっしゃるとおりでございます。てまえは子供らによく言い聞かせますが、それでも騒々しいおりには、かまいませんのでどうか叱ってくださいませんか。お武家さまに叱責されましたら、子供らもすなおに従うと思いますので」

「信吾と申したな」

「はい」

「将棋会所『駒形』とよろず相談屋の看板を出しておるが、ということはその領域はおぬしの城郭に等しい」

「そういうことになりましょうか。いささか大袈裟という気も致しますが」

「なにが大袈裟なものか。商人が見世を構えればそれは城郭であるぞ。医者が看板を掲げればその家《や》は城郭であり、浪人者が手習所を開いたとしてもやはり城郭だ。となれば外部の者が口出しすれば干渉となる。いや、口出し自体が論外だ」

「あの、もしかすると学者先生なのでしょうか」

「なにが言いたい」

「本をたくさんお読みですし、おっしゃることが難しいので、あるいは、と」

ブハハハハと老人は弾《はじ》けるように笑った。これまでは苦虫を嚙《か》み潰したような顔をしていたのに、初めて声を出して笑ったのだ。

となると、なんとかなるかもしれないな、と淡い期待が膨らむ。

信吾が思わず笑みを浮かべると、いつの間にか老人はもとの渋い顔にもどっていた。取り付く島もない気難しい顔に、である。しかも睨《にら》み付けていた。

「ふん。なにが学者先生だ、難しいことだ。当たりまえのことを、当たりまえに言っただけではないか」

「すみません。てまえには、とても難しく思えましたものですから。そう致しますと、お詫びの件は撤回いたしまして、お近付きのご酒ということにしていただけませんでしょうか」

「どういうことであるか」

「てまえがこちらに越してまいりましたおりに、引っ越しの挨拶をいたしましたが、それきりになっております」

「だからどうした」

「隣りあわせて住まいながら、話らしい話をしたのは今日が初めてでございます。そして子供らが騒ぐことはありましても、そこまでご迷惑をお掛けしているなどとは、てまえは思ってもおりませんでした。これは日頃、話しあうことが皆無だったため、わからなかったからではないでしょうか。ですのでこれを機会に、ときおり話しあいの場を持っていただければと思うのでございますよ。お詫びにお持ちしたご酒ですが、てまえもお相伴しまして」

「持って来た酒であれば、そう遜《へりくだ》ることもあるまい」

「いえ、一度お渡しいたしましたので、そちらさま」とそこで切ってから、信吾は言い直した。「あの、なんとお呼びすればよろしいのでしょうか。お名前をお聞きしておりませんでした。お武家さまとお呼びするのも変ですし、お隣さんだともっと変な気がします。それに、馴《な》れ馴《な》れしいですからね」

「名など甲でも乙でもなんでもよい。どうせ符牒《ふちょう》のごときものであるからな。大川でも宮戸川でもかまわぬ」

「それは、ちょっと」

幇間《たいこもち》の宮戸川ぺー助とは親しいし、両親の営んでいる会席と即席の料理屋が宮戸屋である。となると、なんとなく憚《はばか》られるのだ。

「では又三郎《またさぶろう》でどうだ」

「又三郎さま、でございますね」

「いわゆる通称というやつだ。隣人にまで隠すことはないからな。ただしわれら二名だけでの呼称だぞ。人のおるところでは、隠居とかお武家などと曖昧にしておけ」

「わかりました。では又三郎さま、お近付きのしるしに」と、信吾は徳利を両手で持って言った。「なにか適当な器はございませんか」

「はて、あったかな」

又三郎は立ちあがると部屋を出たが、しばらくして湯吞と飯《めし》の、二つの碗《わん》を手にもどった。

「こんな物しかない。一人住まいの隠居で客も来ぬゆえ、用意しておらんのだ」

息子らしい武家が来るほかは、世間と没交渉らしい。もしかしたら食器は、飯碗、汁椀、湯吞茶碗と箸しか、持っていないのではないだろうか。

「ようございますよ。本当は酒だけでいいのですが、酒だけでは形が保てませんので、器の援《たす》けを借りなくてはならないのです」

「おもしろいことを申すが、まさにそのとおりであるな。酒だけがあればよい、か。至言であるぞ」

「まじめな顔でおっしゃらないでくださいよ、酒飲みがよく言う冗談ですから」

冗談だと言われて、さすがにムッとなったようである。どうもお武家、それも年寄りは難しいな、と信吾は思った。

そう言えば、祖母の咲江が紅梅の枝を持って来たときに、通い女中の峰がおなじようなことを常吉に言っていた。もっともあのときの常吉には、冗談の意味がわからなかったようだが。

信吾は形のちがう二つの器に酒を注《つ》いだ。又三郎の飯茶碗にはたっぷりと、そして自分の湯呑茶碗にはしるしばかりを。

「本来ならてまえのような商人が親しくしていただくなど、とてもできないことでございますが、隣りあわせているということで、どうか誼《よしみ》を結んでいただきますように」

「よしなにな」

そう言って酒を口に含んだ又三郎が、次の瞬間には目を真ん丸に見開いた。「やった！」と、信吾は胸の裡で快哉《かいさい》を叫んだ。

「これは」

そう言って又三郎は絶句した。御家人のご隠居だと聞いていたが、酒の良し悪《あ》しがわかる舌は持っているらしい。

「さすが又三郎さま、おわかりでしたか。伊丹《いたみ》の銘酒、剣菱《けんびし》でございます」

「これが剣菱か。聞いてはおったが、飲んだのは初めてだ」

「ああ、よかった。なんとしても又三郎さまに飲んでいただきたいので、ようやくのこと手に入れましてございます」

もったいを付けてそう言ったが、昼間、両親の営む宮戸屋に出向いて、下り酒の中でも一番いいのをもらって来たのである。

「なに」

声と表情が一変した。これだからお武家は厄介であった。すなおに喜んでくれればいいものを、なにが気に入らないのだ、と言いたくなる。

三

「わしに、なんとしても飲ませようとして、手に入れただと」

「ぜひ、飲んでいただきたかった、それだけでございます」

「解せん」

「なにがでございましょう」

「貧乏御家人の、それも隠居なんぞに飲ませて、なんの得がある」

「ありません。損得が絡むようでしたら、飲んでいただきませんよ」

「どういうことだ」

「最初はお詫びのつもりでしたから、てまえの気持をわかっていただくために、なんとしても極上のご酒をと思いました。そして今はよき隣人としてお付きあいをいただくために、ぜひ選び抜いたご酒を飲んでいただきたいのです。それがてまえの赤心でございます」

「ふん。商人の申す赤心とは、いかばかりのものか」

口先で調子のいいことばかり言う商人が多いのは事実なので、信吾に又三郎の言葉を否定する気はない。

「信吾は何歳に相なった」

飲み終わったので注ぐと、澄み切った酒に目を落としたままで又三郎が訊いた。

「二十歳《はたち》でございます」

「それにしては変わり者であるな」

「と、申されますと」

「将棋会所と相談屋という、およそ縁のない商売をやっておる。一つやるにも困難が伴うのに、二つもやるというのは、どう考えても尋常ではあるまい」

「一つでは成り立たないので、二つやっておるのですよ。そこを又三郎さまは誤解されているようでございますね」

「一つでも困難が伴うと言ったのを、聞いておらなんだのか。一つでは成り立たぬので二つやるとなると、撞着《どうちゃく》以外のなにものでもないではないか」

「いいえ、矛盾してはおりません」

そこで信吾は、自分が本当にやりたいのは相談屋なのだと力説した。

悩んだり、迷ったり、困ったりしている人の相談に乗って力になってあげたいのだが、経験のない若造なので、実績を作らないとだれも見向きもしてくれないはずである。だからそうなるまでの生活を支えるために、日銭の入る将棋会所を併設してやっているのだと説明した。

「それはよいとして、なぜに碁会所にせなんだ」

「碁会所ですって。一体どういうことでしょう」

「将棋は本来、武家の娯楽であろうが」

「そうですか。まるで存じませんでした」

「王将と玉将が大将である」

「はい」

なにを言い出すのだろうと思ったが、取《と》り敢《あ》えず相鎚《あいづち》を打った。

その左右には金将が控えるがこれは旗本で、さらに銀将という精鋭部隊が周囲を護《まも》る。最前列の歩兵は足軽、雑兵《ぞうひょう》だ。主力は飛車と角行だが、これは騎馬隊で圧倒的な破壊力を持つ。

「香車は槍隊《やりたい》と見ていいですね」

「そうだな、前方に一気に進むが横には動けぬ」

「わからないのが桂馬です」

「なにがわからぬ」

「飛車と角行が騎馬隊で、馬に跨《また》がって雑兵どもを蹴散らします。としますと桂馬には馬という字が入っていますが、騎馬隊ではないのですか」

「ではなにだと思う、信吾は」

「それがわからないのですよ」

変だなと思いはしたものの、手ほどきをしてくれた父の正右衛門や教えてくれた人たちに訊いたことも、書物などを調べたこともない。いや、そんな本があるかどうかも知らないのである。

又三郎老人はじっと信吾を見ていたが、やがて重要な秘密を打ち明けでもするように、声を落として言った。

「わしは忍びだと思う」

「忍び、忍者ですか」

「さよう。なぜなら桂馬のみが奇妙な動き、働きをするからだ」

ほかの駒は基本的に前後か左右、斜めに、決められた一齣《こま》ずつ動く。飛車は前後と横に、駒にぶつかりさえしなければいくらでも動ける。角行はおなじ伝で、斜め前後に、これも駒を飛び越えなければいくらでも動ける。香車も駒がなければ前方にいくらでも動けるが、後ろと横、斜めには動けない。

　各駒とも敵陣に乗りこんで成駒となると、金将とおなじ動きができる。

「桂馬は、前に二齣の左右どちらか寄りに一齣動くであろう。つまり二齣斜め前ということになる。しかもこの桂馬のみ、駒を飛び越えてもよいのだ。つまり敵の意表を衝く動きをする」

「なるほど」

「陣を張り、王将なり玉将が将と兵を指図して、つまり指し手が大将になって自在に駒を動かす。正攻法で行くかと思えばその裏を掻《か》き、捨て駒をしたり奇襲を掛けたりして敵を混乱させる。捕縛した敵の将兵を味方にし、戦力に加える。つまり戦がなくなった泰平の世の武士が、盤上でそれを楽しむ娯楽が将棋であろう」

「そうしますと、町人が将棋を好むのは、武士のように戦ってみたい。自分の思うままに兵を動かしてみたいという憧れ、あるいは夢ということでしょうか」

「できれば武士になりたいが、それが叶《かな》わぬとなれば、せめてそれを将棋で感じ、味わいたいということであろうかの」

「その点、囲碁は将棋とはまるで」

「黒白のちがいはあるが、どの石も平等、等価値だ。となると一個一個の石の繋《つな》がり方、並び方が強弱の差を生み出すことになるな」

「又三郎さまは将棋だけでなく囲碁にもお詳しいようですが、指されたり打たれたりはなさらないのですか」

「多少知ってはおるが詳しくはない。それにくだらぬことに、ときを潰すようなむだはしたくないのだ」

将棋や囲碁をくだらぬことと断定されては、信吾としては言葉の返しようがない。

「うーん」

思わず唸りをあげた信吾を見て、又三郎が意外そうな声を出した。

「いかがいたした、妙な声を出しおって」

「又三郎さまはやはり学者、それも軍学者ではないのですか」

「なに馬鹿なことを申す」

「布陣とか兵の動かし方などを、てまえのような無学者にもわかりやすく、理路整然と話していただけるのですから」

「くだらぬことを言うな。この程度なら子供にもわかる」

「大人でありながら、てまえはお聞きするまでわかりませんでした」

「将棋会所のあるじがそんなことでどうする。ところで信吾はいかなる理由で、囲碁でなく将棋の会所としたのだ」

「子供時分に父に教えてもらったのですが、おもしろがってやっているうちに、大抵の人には負けなくなりましたので、将棋会所ならやっていけるのではないかと」

「その将棋会所が繁盛しておるのであれば、それ一本に絞ったほうがよほど儲《もう》かるではないか」

「たしかにそうでしょうけれど」

儲けのためにやっているのではないのだ。

何人かに話したことだが、わかってくれないので空しくなる。だからいつしかムキにならって話すのはやめていた。相手が興味を示せば、次第にわかってもらえるだろうと思っているからだ。

今日の目的は気難しそうな又三郎老人と、将棋会所で子供が騒ぐことに関して、摩擦を起こさないことであった。特別ななにかを望んでいる訳ではない。こちらが挨拶すれば、無視されずに挨拶を返してもらえるようになるだけで十分なのだ。急がないこと。焦らないことである。

「商人でありながら金に執着しないのも、変わっておるな。相談屋をやるために、将棋会所をやろうと思うこと自体が普通とは言えぬ。夜中に武芸を怠らぬというのも、変わっておると言うしかないが」

思わず又三郎の顔を見たものの、相手は特に理由があって触れた訳でもなさそうであった。

鍛錬しているのを知られていたのは驚きであったが、老人が酒を飲んでいるのを信吾は垣根越しに見たのである。であれば鎖双棍や棒術に励んでいるのを、相手に見られてもなんのふしぎはないではないか。

背丈ほどの垣根しか、両家を遮るものはないのだ。灯りは点《つ》けないが、月が出ていればまる見えとなる。

「信吾は珍しき若者であるな」

「まともでないかもしれない、とは自分でも思いますけれど」

「双節棍《そうせっこん》に手を加えたような、あの武具の扱いはいかにして憶《おぼ》えたのだ」

双節棍のことを知っているなら、隠したりごまかしたりすれば却《かえ》って疑われるだろう。それに知っておりながら、又三郎は今まで黙っていた。いや、相手が息子くらいしかいないので、信吾が毎夜のように励んでいることを人に話すことはないと思われる。

となると、ある程度は話しても問題はなさそうであった。

「檀那寺《だんなでら》の和尚さんに習いました。武器を持たぬ者も、場合によっては身を護らねばならぬことがある。そう言って教えてくれましたが、双節棍を改良した鎖双棍という護身具だそうです」

　護身具に力を入れて信吾は言った。

「ま、身を護るのだから護身具にちがいないが、攻めに使えば強力な武器になる。朝、振り廻しておるが、あれは威力がありそうだな」

　常吉が起き出すまえにやっているブン廻しも、見られていたということだ。しかし信吾は又三郎の視線には気付きもしなかった。気配を感じなかったからだが、となるとこの爺さん、かつては相当な遣い手だったのかもしれない。

　だが信吾は必要以上に興味を持つとか、又三郎に質問をしないことにした。なにかを感じれば向こうから話してくれるだろうから、自然の成り行きに任せるのがいいという気がしたからだ。

　念のために折り畳んで糸で縛った鎖双棍を懐に忍ばせているが、見せればなにかと訊かれるに決まっている。状況が変われば見せる必要があるかもしれないが、意味のない刺激は与えないほうがいいだろう。

　又三郎が飲めば注ぎ足したが、信吾は最初のひと口分だけにしてそれ以上飲まないようにしていた。老人に飲んでもらうために持って来たのだし、あくまでもお近付きの酒だったからだ。

　そして、そろそろ辞すべきだと信吾は思った。

「一杯飲んだだけで、なんだか体が怠《だる》くなってまいりました。それに書見中をお邪魔したようですので、今日はこれで失礼したいと思います」

「む、さようか」

　最初の遣り取りもあったからだろう、又三郎は引き留めようとはしなかった。

「またお邪魔してもよろしいでしょうか。もちろんご都合のよろしいときでけっこうですので。できれば十日に一度くらいは、お酒持参で寄せていただきたいと思います」

「ああ、かまわぬぞ。酒のことは気にせずともよい」

「いえ、少し入ったほうが、てまえも話しやすいですから。では失礼いたします。長々とお邪魔致しました」

　又三郎は狭い玄関で見送ってくれた。酒のことは気にするなと言ったが、別れ際にそう言ったということは、気にしているなによりの証拠ではないだろうか。

　門前払いを喰《くら》ってもしかたないと思っていたし、一時はそうなりかけたことを考えれば、十分すぎる成果と言っていい。

　このことは甚兵衛にも黙っていよう、と信吾は思った。そのうちにわかるだろうし、でなければなにかのおりに、さり気なく言ったほうがいいという気がしたからだ。

四

特に知りたいと思って出掛けた訳ではないが、信吾は訪れたときと辞したときで、隣家の又三郎老人に関してわかったことが、ほとんどないことに気付いた。

慎《つつ》ましい一人暮らしで、使用人はいないようである。住みこみの女中どころか通いの婆《ばあ》さん女中すら頼んでいないらしいが、炊事、洗濯、掃除などはどうしているのだろう。他人ごとながら気になった。

着ているものは上等ではないが、小ざっぱりして垢染《あかじ》みてはいない。女中がいないとなると、自分で洗い、濯《すす》ぎ、干して、取りこんでいるのだろうか。そんなところを見たことはないし、想像もできなかった。

信吾が気付いていないだけで、汚れ物を持ち帰り、洗濯して持って来る通いの女中がいることも考えられた。折りあいが悪くて一人暮らしを始めたと聞いているので、息子の嫁でないことだけはたしかだ。

部屋は殺風景ではあるが小綺麗《こぎれい》であった。掃除ぐらいは男でもできないことはないが、食事はどうしているのだろう。

信吾は老人について、なにも知らないことを改めて思い知らされた。名前にしても、黒船町に移ってやがて一年になろうという今日になって初めて、又三郎だと知ったのであった。これとて老人がそう言っただけで、嘘《うそ》か本当かはわからない。

苗字《みようじ》は不明なままだ。

御家人のころどこに住んでいたかも、またどのような仕事をし、あるいは役に就いていたのかも、べつに知りたいとは思わなかったが、わからぬままであった。

年齢にしてもそうである。

男でも女でも、老人、壮年、若者、子供と、どんな相手だろうと、祖母の咲江は一目見ただけで的中させるし、ちがっていても三歳以内の誤差にすぎない。長年、料理屋の女将《おかみ》、大女将をやってきたからかもしれないが、神業《かみわざ》としか思えなかった。

信吾には、特に女の人と老人の年齢は見当が付かない。そのため女の老人、つまり老婆となると完全にお手上げである。

成り立ての老婆、まずまずの老婆、かなりの老婆くらいにしか分けられない。年齢を、ある範囲内であろうと、示すことなどはとてもできなかった。

いい例が、金龍山浅草寺の境内で、鳩《はと》の豆を売って生計を立てているお吉婆さんである。

信吾が知ったとき、つまり十四、五年まえだが、お吉さんはすでに老婆だった。ときおり間延びした声で、「一袋四文。鳩の豆。功徳なされませ」と言いながら、豆を入れた紙袋を売っていたし、今も売っている。その文句も声も、ずっと変わらない。

知ったとき老婆で、その後もずっと老婆、今も立派な老婆である。この先、十年、二十年経《た》っても、やはり老婆のままだろう。何歳であるか、まるでわからない。

又三郎の年齢もわからなかった。

三十代を中年、四十歳になれば初老、五十歳からを老人というのが、おおよその目安である。又三郎の息子は信吾の見たところ、二十五歳から三十歳くらいと思われた。

とすると又三郎は、四十五歳から五十歳というところだろうか。それにしては老けているようだ。妻を娶《めと》るのが遅かったとか、子宝に恵まれたのが、婚儀からかなり経っていたということも考えられる。その場合は五十五歳、もしかすると還暦、いやそれをすぎているかもしれなかった。

変だなと思った信吾は、自分がいつの間にか脇道から、さらに間道に迷いこんでいるのに気付いた。そもそも又三郎と会って話しながら、ほとんどなにもわかったことがないのを知って、始まった迷走であったようだ。

信吾が相手を知らないどころか、逆に又三郎が思いもしないことを知っていて驚かされたのである。

木刀の素振りと型、棒術、そして鎖双棍の鍛錬を、信吾は秘密でやって来た。夜、常吉が眠ってから庭で励んでいたのである。暗いし、塀と垣根に囲まれているので、人に見られる心配はなかったからだ。

ところが、隣家の又三郎老人に見られていた。となるとこれからもだれかに見られる可能性はあるので、十分に気を付けなければならない。

常吉にしても、以前は体を揺さぶっても起きなかったのに、ハツが「駒形」に来るようになってからは、将棋のおもしろさに目覚めたらしい。生活習慣さえ変えて、自分で起きるようになっていた。

鎖双棍のブン廻しだけは、明るくなくては稽古にならないので早朝にやっている。夜は当分のあいだ心配ないとしても、常吉が早く起床することがあれば、見られるかもしれない。

黙っているように言っても、近頃は若年組も増えて、何人かとは親しくしているようである。なにかのおりに、つい洩《も》らさないことがないとは言い切れない。

そのようなことがわかったことも、成果と思っていいだろう。

手習所の休日にやって来る子供たちは、五ツ（八時）にはほぼそろう。遅れるのは、祖父といっしょに本所から通うハツくらいであった。

又三郎を訪れてから十日が経ち、手習所の休日となった。

「みんながそろったら、話があるからな」

子供が姿を見せるごとに、信吾は厳しい顔でそう言っておいた。一体なにごとだろうと、だれもが緊張するのがわかったが、そのくらいでいいのである。

五ツ半（九時）を少しすぎたころ、みんなが待っていたハツがやって来た。賑《にぎ》やかに挨拶が交わされる。

「よし、これでそろったな。常吉」

「へーい」

「言っておいたものと、お茶を出してくれ」

「へーい」

「よし、良い子も悪い子も集まれ」

初めに言っておいたので、期待と不安を綯《な》い交ぜにして、子供たちが信吾の周りに集まった。

留吉が「おいら、良い子」と見廻すと、正直正太が「あれ、珍しいな。今日は悪い子は来てないや」と受けた。

笑い声が弾けたが、信吾が腕組みをして眉間に縦皺《たてじわ》を刻み、黙ったままなのですぐに静かになった。全員の目が兄貴分の留吉に集まったが、いつもはなにか言って笑わせるのに、うっかりしたことは言えないと思ったのか黙ったままである。

将棋会所「駒形」には一人で来る客もあれば仲間を誘って来る客もあるので、盆と急須は大中小の三種を用意してあった。常吉が大の盆に大の急須と人数分の湯呑茶碗を、二度に分けて運んだ。

茶碗を全員に配ると姿を消したが、常吉はすぐに大盆を掲げて現れた。盆には栗饅《くりまん》頭《じゅう》が山盛りになっている。だれもが顔を輝かせたが、留吉が思案深げな顔で言った。

「みんな手を出すのはよしな」

「えッ、なんで」

「これにゃ、どうやら裏がありそうだ」

「よくわかったな。さすが留吉だ」

信吾がそう言うと、饅頭に伸ばし掛けた手が止まり、いくつもの目が信吾と留吉を交互に見た。

「話し終えるまでお預けにするか、喰《く》いながら聞いてもらうか、どっちにしたい」

信吾が目を向けると、ほかの子供たちも一斉に留吉を見た。

「厭《いや》な話だとすると、聞いたあとで饅頭を喰ってもうまくないな。ということでありゃ、喰いながら聞かせていただくと、いたしやしょう」

終わりの部分は役者が見得を切るように、目を引《ひ》ん剝《む》いたので笑いが起きた。

「今日、ここに来て、今までくらいのおとなしさ、静かさだとなんの問題もないのだが」

「隣の爺さんかい」

すかさず留吉が言った。前回のことを思い出したらしい。

「そうだ。ときに騒々しくなることがあるだろう。大声あげたり、叫んだり。お隣のご隠居さんは静かに本を読んでおられるので、騒がしいと邪魔になる。だからこれからは少し気を付けてもらいたい。どうしたんだ、食べながらではなかったのか」

信吾がそう言うと、手が一斉に栗饅頭に伸びた。

「一人当たり二つまでだからな。欲張って三つ喰ったやつは」

信吾の言葉に、またしても留吉である。

「出入り御免と願いやしょう」

だれもが自分の分を両手で摑《つか》んだので、大盆はたちまち空になった。

「叱言《こごと》は終わったの」

そう訊いたのは正太である。

「ああ。今日からは少し静かにしてもらいたいという、みんなを丸めこむための饅頭だからな。喰い終わったあとで騒ぐやつは、留吉の台詞《せりふ》ではないけれど、明日から出入り御免だぞ」

「大人のお客さんは騒がないから、饅頭はあげないのですか」

たった一人の女の子であるハツは、細かいことによく気が付く。

「心配するな。みんなが食べ終わったら、それからお配りする」

信吾がそう言うと、常吉が大盆を胸に抱えるようにして座敷を出た。

「こういう叱言だったら、毎日あってもいいな」

そう言ったのは彦一だ。

「饅頭抜きでもか」

「叱言だけなら聞きたくないね」

「でもさ、おいらたちは静かにしても、隣の爺さんはときどき変な声で唸ってるぜ」

正太が口を尖《とが》らせてそう言うと、あとはワイワイガヤガヤとなってしまった。

「あれは義太夫《ぎだゆう》だ」

「浄瑠璃じゃないの」

「どっちだっていっしょだよ」

「いっしょなら、なぜ義太夫と浄瑠璃って、呼び名がちがうんだよ」

「余計な口出しになりますが」と、常連の豊島屋の隠居甚兵衛が言った。「義太夫節はね、大坂の竹本《たけもと》義太夫という人が始めた、浄瑠璃の一種です」

「へえ、さっすが甚兵衛さんだ。じゃあ、浄瑠璃というのは」

「三味線に乗せて語る音曲《おんぎょく》です。といってもわからんでしょうが、おなじようなものと考えていいでしょう」

「てことは、浄瑠璃と義太夫は兄弟みたいなもんだね」

「爺さん、三味線なしで唸ってるぜ」

「だったら、浄瑠璃じゃなくて義太夫だろうよ」

「義太夫も三味線の伴奏で語りますがね」

と、どこまでも甚兵衛さんは親切である。

「だって、弾きながら唄うのは、たいへんじゃないか」

「三味線弾きを雇う金がないんだよ」

隣家の又三郎老人が浄瑠璃を語り始めたのは、間がいいと言おうか悪いと言おうか、丁度そのときであった。

「噂をすれば影が差すってやつだ」と、留吉が言った。「甚兵衛さん、あれはどっちなの」

「留吉」と、信吾は諫《いさ》めた。「友達に話すように訊いちゃ失礼だろう」

いけない、という顔で舌を出し、留吉は訊き直した。

「甚兵衛さん、あれはどちらですか」

「さあ、どちらでしょう」

「なーんだ、訊くんじゃなかった」

「素人にはわかりにくいものなんですよ。てまえにもよくわかりません。もしかしたら、語ってる本人にしかわからないかもしれませんね」

「本人にもわからなかったりして」

またしても笑いが弾けたが、なんとか文句を言われない範囲だろうと信吾は思った。そういえば、又三郎は浄瑠璃を控え目に語るようにすると言ったが、これまでとほとんど変わってはいなかったのである。

少しちいさくしてますよ、と言われたら、そうですかね、というくらいのちがいでしかなかった。もしかすると、語りの山場になっても、声を張りあげるようにはしないで、いくらか抑えるという意味で言ったのだろうか。

常吉が大人の客たちに、栗饅頭とお茶を配り始めた。

信吾は二度、三度と手を打ち鳴らし、子供たちに言った。

「ここ『駒形』はどういう所だ」

「将棋会所でーす」

「だったら喋《しゃべ》ってないで、することがあるだろう」

「将棋でーす」

「信吾先生」

「なんだねハツさん、改まって」

「あたし常吉さんと手合わせしたいんだけど、お仕事中はだめですよね」

一瞬ではあるが信吾は考えた。そして言った。

「そうか。教えてやってくれるか。では頼もう。そのあいだは、わたしが常吉の仕事をやろうじゃないか」

丁度、常吉は客たちの饅頭と茶を配り終えたところで、信吾の言葉を聞いて真っ赤になっている。

五

——信吾、隣の爺さんがたいへんなことになりそうだ。すぐ起きろ。あれを忘れるな。顔も隠したほうがいい。

野良猫の声が頭に雪崩《なだ》れこんで、信吾は飛び起きた。行灯を点けて本を読んでいたのだが、そのまま眠ってしまったらしい。

なるべく黒っぽい着物をまとうと、いつも枕の下に忍ばせている鎖双棍を懐に捻《ね》じこむ。柿色をした手拭があったので鼻から下を覆い、後頭部で結びながら草履を突っ掛けた。

千切れ耳か赤鼻か、それとも黒兵衛か。「駒形」のある黒船町、南隣の三好町、北側にある諏訪町を縄張りにしている野良どもの、どれか一匹らしい。

——相手は三人だ。

――賊か。

又三郎老人の家の、殺風景な室内を思い出した。金や金目の物があるとは思えない。

――どうやら敵討ちらしいが、詳しいことはわからん。

――敵討ちだって？

――よくは知らんよ。しかし、年寄り一人に三人は卑怯《ひきよう》じゃないか。

――爺さんは御家人だぜ。敵討ちなら、なにも真夜中に襲わなくても、待ち伏せするとか、どこかに呼び出すとか。

――そういう事情までは、わしゃ知らん。垣根の下に潜《くぐ》り抜けられる所がある。こっちだ。

庭に出た信吾のまえを走った猫に、ぼんやりと縞《しま》模様が見えたので、虎猫の千切れ耳だとわかった。たしかに垣根にわずかな隙間がある。猫や犬には丁度いいかもしれないが、信吾には窮屈で簡単にはいかない。

だがそんなことは言っていられなかった。木の枝であちこちに擦り傷を作りながらなんとか抜けると、懐に鎖双棍があるかたしかめた。いざ対決となって手を入れたら懐がからっぽでは、万事休すである。

軒下で人影が動いたので、信吾は声を殺し気味に言う。

あった。

「宮戸川どの、賊が押し入ったようであるが大過ございませぬか。大川が助太刀いたすゆえ、安心召されよ。すぐに、十人ほどが駆け付ける手筈《てはず》になっておる」

咄嗟《とっさ》の判断で講釈を聴いて憶えた武家言葉を使い、又三郎と呼ばずに、先日の会話で爺さんが冗談交じりに話した宮戸川と大川の名を出した。さらに助太刀は自分だけではないとわからせ、相手を焦らせたつもりである。

「一体なにやつだ。いらぬ手出しをすると、そのままではすまぬぞ」

いかにもそれらしく言ったが、声が上擦っているところをみると、邪魔が入るなどとは予想もしていなかったのだろう。

「大川どの。かたじけないと言いたいところだが、こんな奴輩《やつばら》なら助太刀は無用。お引き取りくだされ」

又三郎老人は信吾とわかったらしく、芝居に調子をあわせてきた。

であればと、信吾はさらに煽《あお》ることにした。先ほどの声の主がいる辺りに見当を付けて、ガラリと調子を変えて言ったのだ。

「なにやつだと。てめえらこそ何者《なにもん》でえ。こんな真夜中に、お年寄り一人を三人で襲うなんざ、まともな大人のやるこっちゃあるめえ。ここは一つ、大川助五郎《すけごろう》が相手になってやろうじゃねえか」

言いながら鎖双棍を取り出して棒を両手で左右に引くと、結んでいた糸が弾け飛んだ。

右手で樫《かし》の棒を握って左手を離し、頭上で円を描く。続いて胸前で左右斜め十字に、ヒュンヒュンと鎖に風を切らせながら振り廻した。

「さあ、どっからでも掛かってきやがれ」

予想もしていなかった助太刀の登場、武家言葉をしゃべったかと思うと、伝法な物言いをする。それだけでも混乱しただろうに、みたこともない武器を振り廻すのである。

一体何者だ、と思って当然だろう。

言葉が次々と出て来ることに、信吾は自分でも呆れてしまった。

伝法な言い廻しも講釈で憶えたものだ。将棋会所と相談屋を開くまえ、仲間とよく講釈場に通ったものだった。それがこんなところで出て来るとは、自分でも意外なほどである。なにがどこで役立つかわからない。

それにしても助太刀だから助五郎の名にしたのは、われながら安易であったなと、信吾は反省を忘れなかった。

暗い中でも三人組が戸惑うのがはっきりとわかったが、その首魁《しゅかい》らしいのが言った。

「藤原《ふじわら》はわしに任せて、先にその邪魔者を片付けろ」

藤原だって？　又三郎と言ったじゃないか。以前にも、ある武家に嘘の名を告げられたことがあった。またあの手かよ。まったく侍ってやつは、と声には出さずに毒づく。

言われた二人が声をそろえて言った。

「おう」

威勢よく応えたものの腰が引けている。むりもないだろう、普通の武士が双節棍とか、それを改良した鎖双棍を知るはずがないのだ。

風切り音をさらに高めながら、信吾が近付くと、二人が後退《あとじさ》りするのが薄闇の中でもわかった。

さらに一歩を踏み出すと、恐怖に駆られたらしく刀を滅茶苦茶に振り始めた。まるで子供が顔を引きつらせて、「こっちに来ないで」と言っているようで、信吾は思わず歯を見せると声を出して笑った。

そのときだ。

キーン、と鋭い金属音がした。

鍛え方のいい加減な安物の刀なのか、それとも鎖双棍の樫棒の当たりどころがよかったのか、刀身が半ばで折れたのである。

「あッ」

全員が思わず声に出した。夜目にも白く、折れた刀身はくるくると廻りながら飛んで、ブスリと雨戸に突き刺さった。

「退け。人の来ぬうちに退くのだ」と、先ほどの首魁らしき声がした。「藤原義之助《よしのすけ》。悪運強きやつだ。今日は邪魔が入ったので見逃してやるが、近いうちにその素っ首《そくび》は必ずもらうからな。武士らしく、潔く覚悟を決めて待っておれ」

三人は刀を鞘《さや》に収めた。折れた刀の男は狼狽《ろうばい》してか、かなりまごついたようであるが、それでもなんとか収めた。折れてしまえばどうしようもないだろうと、他人ごとながら気の毒になる。

たちまち三人は姿を消した。

信吾が鼻から下を覆っていた手拭を外すと、吸った息がひんやりとして爽やかであった。

「藤原さまでしたか」

皮肉を籠めて言ったが、又三郎、いや藤原義之助には通じなかったかもしれない。

「名前など符牒のようなものではあるが、そう呼んでもろうても差し支えないぞ。いや、そのまえにご助力、かたじけない」

「いえ、お礼を言われる筋合いではありませんよ。口から出まかせ、法螺《ほら》を吹きまくっただけですからね。しかし、どういう事情かは存じませんが、居所が知られてしまったので、ここは安全ではありません。すぐに身を隠さなければ。将棋会所で匿《かくま》ってさしあげましょう」

「いや、やつらが今夜ふたたび襲うことはなかろう。十人ほどが駆け付ける手筈になっておると、機転を利かせてくれたでな。そんな無謀はせぬはずだ」

「自分でも驚きましたよ。あんなこと、もう一度言ってくれと言われても、とてもできゃしません」

「やつらが調べたところで、信吾が助太刀したことは連中にはわからん。手掛かりを残しておらんし、覆面しておったので顔も見られてはいない。それに」と、藤原は苦笑いした。「武家言葉とならず者の口真似《くちまね》を取り交ぜたゆえ、探そうと思うても探せぬであろう」

「てまえは余裕がありませなんだ。ともかく又三郎さま、ではなかった、藤原さまがたいへんなことになりそうだというので、必死でしたからね」

「このような痩せさらばえた老骨、命なんぞくれてやっても少しも惜しくはないが、冤《えん》罪《ざい》を晴らすまではとの思いが消せぬでな。おっと、上がらぬか。茶ぐらい出そう」

「いえ、この時刻ですので、それには及びません。それより冤罪と申されましたが、どのような事情がおありなのですか。あ、話しにくいのでしたらかまいませんが」

二人は濡縁《ぬれえん》に腰掛けた。

「わが短慮に端を発したことゆえ、今さら愚痴っても仕方ないことではあるが」

そう前置きして老人は語り始めた。

北国のさる藩で、藤原義之助は町会所奉行の手代《てがわり》を務めていた。町会所奉行は藩の必需物資購入の責任者で、その代理、補佐を務める手代は、平士《ひらし》の大小姓格八名が交替で当たっていた。

物資購入という職掌のこともあって、多くの商人と接することになる。そのうちに藤原は同僚の防府和兵衛《ほうふわへえ》が、特定の業者から多額の賄賂《まいない》を取って便宜を図っているのを知った。

この役のだれもが役得として商人から金を得ていたが、それは日常的な謝礼の範囲に収まっていたのである。それに関しては町会所奉行も黙認していたが、業者に突き返せば却ってぎくしゃくして、仕事の進行に支障を来す程度の額であった。

藤原が露骨すぎぬ程度に控えたほうがいいだろうと注意すると、防府もいささか度がすぎたか、であればそうしよう。忠告をありがたく受け取ろうと、おだやかにうなずいたのである。

ところがしばらくして、藤原は同僚から思いもしない話を聞いた。手代は二名ずつが組になって役を受け持っているが、防府と組んでいる男であった。

なんでも酒を飲んだおり、困ったことに頭を痛めておると、防府に打ち明けられたそうだ。

藤原義之助が、美人の誉れ高い防府の妻女に懸想《けそう》して、留守に来ては執拗《しつよう》に口説く。夫のある身であれば当然だが撥《は》ね付けるが、すると藤原は逆恨みしたものか、あることないことをだれかれの区別なく言いふらし始めた。

防府とは親しいので取り次いでやると言って、藤原は新規参入の商人から金を受け取っていたのである。それを防府に渡していると信じさせて、実は私腹を肥やしていたのだ。

そうしながら、防府が商人から多額の賄賂を取っているとの噂《うわさ》を撒《ま》き散らしたので、信じている者も多いという。

妻女を口説くことをはじめ、まるで身に憶えのないことだった。

しかし、それを知った以上は黙っていられない。

防府の屋敷に乗りこんだ藤原は、妻女の件には触れなかったが、金を巡ることで散々詰《なじ》った。

黙って聞き終えた防府は薄笑いを浮かべた。

「おのれの鈍感さを呪うがよい。今ごろわめいても手遅れよ。わしの言い分を信じても、だれもおぬしの言うことを聞くものか」

そこに至って藤原は、防府が商人から得た金で同僚を酒食でもてなし、日ごろから懐柔していたのを知った。

藤原は散々罵ったが、防府はこう嘯《うそぶ》いた。

「であれば町会所奉行さまに直訴するがよい。もっとも聞いてはくれまいがな」

お奉行まで丸めこんだのかと思うと怒り心頭に発し、完全に冷静を欠いていたようだ。

気が付くと、すでに絶命した防府を、さらに何太刀も斬り付けていたのである。

信吾にすれば思いもしない話であった。

「そんなことがあったのですか」

どう言えばいいかわからず、しかしなにか言わねばならないと、ようやく口にしたのがそれであった。

「同僚を殺害した以上は裁きを受けねばならぬが、わしは防府の言葉を鵜呑《うの》みにしていたので、冷静に考える余裕がなかったのだ。ほかの同僚だけでなく、お奉行まで防府の言うことを信じておるのだと思いこみ、南無三宝、これまでかと出奔してしまった。あのおり踏みとどまれば、防府に非があることが明らかになったかもしれぬが、遁走《とんそう》してしもうたからな」

「このあと、非が相手にあり、と判断されることは考えられませんか」

「皆無とは言えぬが奇跡に近いであろう」

「そうしますと」

「三十の齢《とし》に防府を斬って十八年。逃げ廻ることにはいい加減猒《あ》きたし、くたびれもしたがな、先に申したように簡単に命をくれてやる訳にはいくまい」

えッと思った。とすれば、藤原老人は四十八歳ではないか。信吾自身、四十五歳から五十歳くらいかもしれぬと考えたことはあった。でありながら三人組に「こんな夜中に、お年寄り一人を」と詰ったし、本人が「痩せさらばえた老骨」と言ったこともあるが、もっと上だと思っていたのである。

十八年のあいだ逃げ続けたとして、このあといつまで逃げ続けることになるのだろう。

「逃げ続けるのですね」

考えただけで信吾は気が重くなったが、当の本人はどんな思いであろうか。

「おそらくそうなる。防府の弟と二人の息子が、どこまでも追ってくるはずだ。特に息子にすれば仇討免状《あだうちめんじょう》を交付されたので、わしを討たねば、父が斬り殺されたために廃された家は再興できぬからな」

「すると、防府家は廃絶になったのですか」

「当然であろう。わしに斬り殺されたということは、どのような事情があったにしろ、武士として不覚を取ったということだからな。油断していたからだとなると、武士の本分にもとる。つまり侍失格ということで、当然だが廃される」

「そうでしたか。そんなことがあったのですか。てまえは、御家人のご隠居さんだとの噂を信じていたのですが」

「ほほう、どのような噂であるか」

「どのような、と申されても」

そう言ったが、老人が興味深そうに見ているので、信吾は知っていることを話した。

とは言っても高が知れている。

妻女に先立たれ、息子の嫁と折りあいが悪いので、本所から浅草の黒船町に移って一人暮らしを始めた。正直にそう言ったが、頑固な上に威張り散らすので、棒手振りの小商人が爺さんの家を避けて通る、などはさすがに話せない。

「たまにお武家が訪ねてまいりますが、息子さんではないのですか」

「江戸藩邸の者だ。ほとんど四面楚歌《しめんそか》だが、わしが斬り伏せたからには、防府に余程の落ち度があったのだろうと見ている者もいる。ときおり江戸藩邸の動きや、防府の息子らのことがわかれば教えてくれるのだ。仕事の用のついでなどに、寄ってくれることがある」

来てもすぐ帰るのはそのためだったのだ。

「ところで浄瑠璃ですが」

言われて藤原は苦笑した。

「わしは十八歳から二十五歳まで七年、足掛け八年のあいだ江戸勤番となってな、そのおりに憶えた。唯一の趣味で、一人でぼんやりしておると無聊《ぶりょう》をかこつ。退屈してつい語ってしまうのだ」

「そうでしたか。しかし、ここを知られてしまった以上は、移らねばなりませんね」

「止《や》むを得まい。信吾とせっかく知りあえたのに、残念であるが、挨拶をせずに去ることもあろう。そう心得ていてくれ」

「わかりましてございます。藤原さまの冤罪が晴れる日が来ることを祈っております」

老人は何度もうなずいた。もはや言葉は掛けぬほうがいいと思ったので、信吾もうなずきを返すと辞した。

——なんとか納まったようだな。

藤原老人の借家を出ると、どこからともなく猫が姿を現した。薄暗い中にぼんやりと縞模様が見えたので、老人の危機を報《しら》せてくれた虎猫の千切れ耳だとわかった。喧嘩で片耳の先を食い千切られたのが呼び名の由来である。一瞬だが目が黄色く光った。

——お蔭《かげ》でぶじに、なにごともなく終わった。ありがとよ。今度、お峰さんに頼んで、いい鯵《あじ》かなんぞが入ったら買ってもらっとくから、よろず相談屋に寄ってくれ。

——そうかい。楽しみにしてるぜ。

それきり猫の気配は消えた。

六

「あれ、今日は隣の爺さんの唸りが聞こえないなあ」

留吉がだれにともなく言ったのは、次の手習所の休日であった。昼前のことだ。

「まさか病気じゃないだろうけど」

「なんだって？　口うるさい爺だと言っていたのに、心配なのかい」と言ったのは、常連で髪結いの亭主の源八《げんぱち》であった。「留吉は、なかなかやさしいところがあるじゃないか。見直したぞ」

「だってさあ、唸っていたらうるさいけど、聞こえないと妙に寂しいもの」

「そう言えば、ここ数日というもの声がしませんね」

そう言ったのは、弟夫婦に菓子屋の見世を譲って隠居手当をもらい、気楽に暮らしている素七《そしち》であった。

「席亭さんは背丈があるんだから、垣根越しに覗いて見ておくれ。なんかわかるかもしんねえから」

源八が指でくるくると駒を廻しながら信吾に頼むと、甚兵衛が横から口を挟んだ。

「御家人のご隠居さんでしたら、越されたそうですよ」

信吾が借りているこの家は甚兵衛の持ち家だが、となると町役人にでも聞いたのかもしれなかった。

「えッ、いつですかな」

そう訊いたのはやはり常連の島造《しまぞう》である。ちょっとした物識《ものし》りで、これも常連の平吉《へいきち》から間男学者、それを改め美人局《つつもたせ》学者と渾名《あだな》された男だ。

「二十日ほどまえに、こちらにお見えになったことがありましたでしょう」

「ああ、あった。浄瑠璃か義太夫かしんねえけど、静かに語るようにするから、ガキが騒ぐのをやめるようにしろって、席亭さんに捻じこんだことが」

源八がそう言ったので、信吾は笑いながら打ち消した。

「捻じこんだとなるとおだやかじゃありませんが、お互いに少し控え目にしようと」

「引っ越したのは、その十日後の、子供たちが来た日の夜か翌日だそうです」

甚兵衛がそう言うと、源八は何度も首を捻《ひね》った。

「となると妙だなあ」

「なにがでしょう」

「だってどう考えたって変じゃないか。そうでしょうが。十日後に越す気なら、わざわざガキがうるさいと、文句を言いに来ることはないもの」

「そう言えば、以後は寛大にはなれんぞ、と言ってましたね。たしかに変です」と、甚兵衛は首を傾げた。「騒げば怒鳴りこむからな、と言ったも同然ですものね。十日後に引っ越す人が、わざわざそんなことを言いに来るのは、どう考えてもおかしい」

「たしかに、甚兵衛さんのおっしゃるとおりですな」と言ってから、島造は信吾に訊いた。「御家人のご隠居は、『駒形』に何度か来てますか、席亭さん」

「このまえが初めてでしたが」

「置き土産替わりに、ひと言だけ言っておこうと思ったのですかね」

実年齢の五十歳より遥《はる》かに老けて見える素七がしょぼくれた言い方をすると、源八が笑った。

「そんな置き土産があるものか」

「でなきゃ、親切心ですよ」

「親切心だとしても、だれに対する親切心かとなると、やはり変だな」

「変だよ、変、変、まるで変。二歩《にふ》みたいなもんだ」

「二歩なら即負けだろう」

「二歩に気付かず投了する間抜けもいる」

「突然、家移《やうつ》りせねばならぬほど、のっぴきならぬ事情が生じたのかもしれん」

島造が鋭いことを言ったが、それきりで、理由にまでは考えが及ばなかったようだ。

信吾のほかにはだれも、御家人の隠居が敵討ちに追われていることを知らない。となると、姿を消す十日前に子供たちが騒いでうるさいと抗議に来たのが、理解できないのは当然かもしれなかった。引っ越す者が、そんなことをするはずがないからだ。

信吾が敵討ちの三人を撃退したその日、北国のさる藩の町会所奉行手代だった藤原義之助は、夜が明けるまえに姿を消したのである。

それを知っているのは信吾だけだが、人に言う気はなかった。藤原が言ったように、信吾が関わったことを三人組は知らない。かれらが知れば追及されるだろうが、あれこれ問い詰められても、信吾はほとんど藤原の事情とやらを、知らないのである。

あの深夜に藤原が打ち明けたことはおそらく事実だと思うが、確実だとは言い切れない。追われている身でありながら、たまたま敵を撃退してくれたというだけで、すべてを語るとはかぎらないからである。

ただ信吾としては心の深いところで、できれば信じたいと思っていた。老人が語ったことが事実であれば、冤罪のためなんかで命を落としてもらいたくない。

だが信吾にはそれとはべつに、もっとおおきな疑問が残って、胸の奥でくすぶり続けていた。

敵に追われる身でありながら、どうして子供らが騒いでうるさいと「駒形」に文句を言いに来たのだろう。将棋会所にはさまざまな人が出入りする。どんな人物がいるかわからない。息子の嫁と折りあいが付かないので一人暮らしを始めたとの理由で隠棲《いんせい》しながら、なぜそんな無謀なことをしたのだろうか。

あるいは敵が迫っていることを知って、黒船町の仮寓《かぐう》を引き払うことになっていたのかもしれない。であればそんなむだなことをせずに、一刻も早く遁走すべきであろう。結果として三人組に襲われたのだから。

もしかすると、夜中に庭で武芸に励む信吾を見たからだろうか。何日かようすを見ると、町人の分際で毎夜、木刀だけでなく、棒術や双節棍らしき武具で鍛錬している。果たしてどういう若者が、いかなる理由で汗をながしているのかと、異様なほどの関心を示したとも考えられた。

だが藤原老人がそれに触れたのは、抗議に来た日の夜、信吾が酒徳利を提げて訪れたときであった。しかも将棋と囲碁のちがいや名前、酒のことなどについて取り留めもなく話したあとで、付け足しのように訊いたのだ。信吾が訪れなければ、話題に上ることもなかったのである。

とすれば藤原老人が「駒形」に来たのは、やはり子供が騒ぐことに対する抗議だったのだろうか。しかし敵を持つ身がそんなことをするだろうかと堂々巡りになって、くすぶり続けているのであった。

「甚兵衛さんは、御家人のご隠居が越されたことをご存じなのでしょう」と、素七が訊いた。「どちらに越されたってことも、ご存じなのではないですか」

「いえ、越されたそうだと、だれかが言っておられた、というぐらいでしてね」

深夜に野良猫の千切れ耳に起こされた信吾は、寝不足ではあったが翌朝もいつものように七ツ半（五時）に起きて、鎖双棍のブン廻しをおこなった。むりして起きたのは、藤原老人のことが気になっていたからである。

背伸びして垣根の上から窺うと、濡縁から庭に出るための沓脱石《くつぬぎいし》には、履物がなかった。いつもは下駄か草履が、そろえられていた。

敵討ちに追われて深夜に姿を消したのだとすると、荷物になる物は打ち捨てるのが普通だろう。だが老人は、食器にしても最小限必要な、湯呑茶碗、飯茶碗、汁椀、箸くらいしか持っていなかった。となるとなにも残さないという気もする。

甚兵衛が、老人が来た十日後に越したと言っているとすれば、夜が明けるまえに出たことはまちがいない。

「あっしは思うんだがね」と、言ったのは源八である。「息子さんの所に越したんじゃないですかね」

「息子の嫁さんと折りあいが悪いから、黒船町に移り住んだんでしょう」

「だって、カラ元気を出しちゃいても、おそらく五十歳にはなってるだろうよ。一人暮らしはけっこうきついぜ。息子とやらが働きかけたので、爺さんか嫁か知らんが、どっちかが折れたんじゃねえのかな」

「えッ、五十歳ですか」

「えらく老けて見えるが、そんなもんじゃねえかな」

源八が藤原老人の実年齢をほぼ正確に言い当てたことが、とても信じられなかった。信吾は本人に聞くまで、四十八歳だとは思いもしなかったのである。

それにしても老人の齢はわかりにくい。

「関係あるかないか、ちょっとわかりませんがね」と、三五郎《さんごろう》が口を挟んだ。「御家人のご隠居がやって来た十日後の、その翌日ですが、三人のお侍があの家のようすを窺ってたんですよ。あたしがジロジロ見たので、姿を消しましたけどね」

まちがいなくあの三人だと信吾は確信した。

「みんながあの爺さんの話をしてるんで、仲間に入りたいんでしょ、三五郎さんは」

「この人はそそっかしいからね。たまたま三人のお侍がいたので、関係あると思ったんじゃないの」

「そんなことありませんよ」

「その三人は空き家になったのを聞いて、借りようと思って見に来たってことはありませんかね」

素七がそう言うと、島造が首を振った。

「爺さんが越したその日に見に来るなんて、いくらなんでも早すぎる。だとすれば、家主とか大家が案内するはずですよ。それに家を見に来たのなら、三五郎さんがジロジロ見たくらいで、姿を消したりはしないでしょう」

まるで「群盲象を撫《な》でる」だな、と信吾は思わざるを得なかった。だれもが自分が知っているわずかなことを手掛かりにして、全体を推し量ろうとするのである。そのため、とんでもない想像をして、そのどれもが妄想と言うしかなかった。

藤原老人を御家人の隠居と思いこみ、敵討ちに追われていることなど知りもしないのだから仕方がない。しかし世の中には、程度の差はあっても、このようなことはありふれているのかもしれなかった。それを知らないので、わかったような顔をして生きていられるのだろう。

人は今の生活が続くと思うからこそ、生きていられるのかもしれない。どうなるかわからないと不安がっていては、とても生きていられないはずだ。

だが、一寸先は闇ということも事実であった。

将棋会所「駒形」の常連の一人が、ぷつりと来なくなったことがあった。なんでも博《ばく》奕《ち》に誘われて、勝ったり負けたりしながらも、けっこう儲けていたらしい。そして調子に乗って勝負に出て大負けし、取り返そうとしてさらなる深みにはまってしまったのだ。莫大《ばくだい》な借金を抱えたその常連は、一家で夜逃げしたとのことであった。

信吾の両親が営む会席と即席料理の宮戸屋も、商売敵だと思っている料理屋に嵌《は》められて、危うく倒産の憂き目に遭うところであった。信吾に恩義を感じている岡《おか》っ引《ぴき》の権六親分の奮闘で、危機一髪の崖っぷちから救われたことがあったのだ。

藤原義之助にしても、敵討ちから逃れて隠棲していたのに深夜に急襲されてしまった。野良猫の千切れ耳に教えられた信吾が駆け付けたので、難を逃れることができたが、場合によっては命を喪《うしな》っていたかもしれないのだ。

そして人々は日々出会い、また別れ、それを繰り返して、やがて生を終えるのである。一期一会という。生涯にただ一度まみえるだけ、との思いでいなければならないのだ、と信吾はしみじみと思った。一瞬かも知れぬその出会いを大切にしなければならない。藤原老人との出会いと別れがあっただけに、特にそう思うのかもしれなかった。ますよ。

そのとき、まったくべつの考えが信吾の頭を支配した。あるいは藤原老人は、討たれる気でいたのかもしれない。

防府の息子らの動向がわかれば、藩士の一人が教えてくれると言っていた。敵がいよいよ黒船町の隠れ家を探り当てたようだから、直ちに移るように言って来たのだろう。出奔してから十八年のあいだ逃げ続けたのである。逃げ疲れて疲労困憊《ひろうこんぱい》していたにちがいない。本人も、「いい加減厭きたし、くたびれもした」と言っていたではないか。討たれるならそれで仕方がないと肚《はら》を据え、であればせめて普通の市井人として最期を迎えたいと思ったのだという気がしたのである。だから「駒形」の子供が騒げば文句を言い、信吾が詫びの酒を持って行けば飲んだのではないだろうか。

ハツは鋭い子だが、「あたしたちの話の輪に入りたいのじゃないかしら」と言ったのは、あながち的外れではなかったかもしれない。

そして敵討ちの三人が迫ったとき、間がいいか悪いかはわからないが、野良猫の千切れ耳の注進によって信吾が駆け付けたのである。しかもやけに芝居掛かった、法螺を吹いて相手を惑わせながら、なんと撃退してしまったのだ。

藤原老人は隣人というだけで、しかも酒を一度酌み交わしたにすぎないのに、信吾が必死になって救おうとしてくれたことに驚いたのだろう。そして話しているうちに、なぜかわからないが、そこに至るまでの事情を打ち明けてしまったのである。

信吾に打ち明けたことで改めて自分のこれまでを見直すことになり、身動きできぬ状況に追いこまれたことが、鮮やかにわかったのだろう。ここで命を投げ出してしまうと、武家社会の理不尽さに屈することになる。なによりも命を賭して助けようとした信吾の真心を、踏みにじることになってしまうではないか。

よし、ここは一先《ひとま》ず退《ひ》いて、なんとしても生き延びるとしよう。

それが三人組に襲われた日の深夜から夜が明けるまでに、藤原老人が姿を晦《くら》ませた真相ではないだろうか。

かくあってほしいとの信吾の願いが籠められた想像かも知れないが、そのように考えればすべての平仄《ひょうそく》があうのである。

そうであってほしい。そして藤原老人とは短い触れあいでしかなかったが、冤罪が晴れることを支えになんとか生き延びてもらいたいと、信吾は願わずにいられなかった。

解説

末國善己

中里介山『大菩薩峠《だいぼさつとうげ》』の主人公・机龍之助《つくえりゅうのすけ》は、大菩薩峠で理由もなく老巡礼を斬り殺す衝撃的な登場をする。法や倫理に縛られず人を斬る虚無的な龍之助は読者を熱狂させ、時代小説におけるニヒリスト・ヒーローの源流にもなったといわれている。

介山が生み出したニヒリスティックな時代小説は、林不忘『丹下左膳』、柴田錬三郎『眠狂四郎無頼控』、笹沢左保『木枯し紋次郎』などへ受け継がれながら現在に至っている。これに対し、人を疑うことを知らず、勝敗にも出世にも無関心な『富士に立つ影』の熊木公太郎《くまきみたろう》、騙《だま》されても踏みつけられても前向きに生きる『盤嶽《ばんがく》の一生』の阿地川《あぢがわ》盤嶽らを生み出した白井喬二《きょうじ》は、明朗型ヒーローの創始者といえる。

現在では忘れ去られつつある白井喬二だが、大正末から昭和初期に起こった大衆文芸運動を創作、評論、出版企画などで牽引《けんいん》した大家で、探偵小説における江戸川乱歩に近い働きをしたといえば、その偉大さが分かりやすいかもしれない。

日本の近代文学が、情念の告白や内的な苦悩といったシリアスな物語を軸に発展した影響もあってか、主人公が明朗な時代小説はメジャーではないが、それでも、底抜けの善意で敗戦直後の日本人に勇気を与えた山手樹一郎《きいちろう》『夢介《ゆめすけ》千両みやげ』の夢介、飾り物の室町将軍になった足利義輝《あしかがよしてる》が、剣の修行に励み乱世に終止符を打つ本物の将軍になろうとする宮本昌孝『剣豪将軍義輝』など連綿と書き継がれている。野口卓〈よろず相談屋繁盛記〉シリーズの主人公で、「底抜けに人が好《よ》くて、他人《ひと》の言うことを疑わずに、なんでも信じてしまう」と語る信吾《しんご》も、明朗型ヒーローの一人である。

浅草の老舗料理屋「宮戸屋」の長男だった信吾が、跡取りの立場を弟の正吾《しょうご》に譲り、「よろず相談屋」と将棋会所「駒形」を始める展開は、道場を開くため旗本の神名《かんな》家を出るも仲間に金を持ち逃げされた平四郎が、長屋に暮らし「よろずもめごと仲裁つかまつり候」の看板を掲げる藤沢周平『よろずや平四郎活人剣』を思わせる。ただ「なるべく敵を作らないように、そして、できるだけ多くの味方を作るようになさい」という母の言葉を信じ、自分を殺して金を奪おうとした浪人とも仲良くなる信吾の爽やかさは、藤沢周平を超え、白井喬二に繋《つな》がっているように思えてならない。

三歳の時に謎の大病に罹《かか》った信吾は、回復後、時折記憶が抜け落ち、動物の言葉が理解できるようになった。七歳にして、自分が元気になったのは「世の人たちのために役立つよう」になるためだと考えた信吾は、それを実現させようとあらゆることを学び始める。名付け親でもある巌哲《がんてつ》和尚に九歳から棒術と体術を習い始めた信吾は、十五歳から剣術を、十七歳から鎖双棍《くさりそうこん》（「琉球《りゅうきゅう》」かさらに南方から伝わった「ヌウチク」とも「ヌンチャク」とも呼ばれる「双節棍《そうせつこん》」を、日本で改良した護身具）も学ぶようになった。僧侶に武術の手ほどきを受け、今も鍛錬のため武術の稽古を続けている信吾は、沢《たく》庵《あん》和尚に力任せに刀を振り回すことの愚かさに気付かされた宮本武蔵が、剣の修行を通して精神を磨くため旅に出る吉川英治『宮本武蔵』を彷彿《ほうふつ》させる。

このように〈よろず相談屋繁盛記〉には、時代小説が積み重ねてきた〝歴史〟と〝伝統〟が自然な形で織り込まれているので、昔読んだ名作のような懐かしさがあり、シリーズに初めて接する方もすんなりと物語に入っていけるのではないだろうか。

十九歳になった信吾は、家を出て「よろず相談屋」を開きたいが、しばらくはそれだけで生活できないので、将棋指南所との二枚看板で行きたいと両親に告げる。何とか両親を説得した信吾は、「宮戸屋」の常連で、いつも将棋の相手をしているご隠居の甚兵《じんべ》衛《え》の持ち家を借り、「よろず相談屋」と将棋会所「駒形」を始める。

だが「駒形」には将棋好きが集まるものの、「よろず相談屋」を訪れる人は少なかった。それでも信吾は、第一巻『なんてやつだ』、第二巻『まさかまさか』で、（依頼を受けたのではなく、巻き込まれたものも含め）幾つものトラブルを解決、第三巻の本書『そりゃないよ』では少し成長した姿もうかがえるようになっている。

第一話「人を呪わば」は、嫌われ者の岡っ引だったが、信吾との雑談で事件解決の糸口を摑《つか》んで手柄を立ててからは、世間から頼られる親分になった権六《ごんろく》が、信吾に「宮戸屋」で起きている騒動を知らせる場面から始まる。

占野傘庵《せんのさんあん》なる医者が「宮戸屋」を訪れ、「宮戸屋」で食事をした者が何人も食中《しょくあた》りで苦しんでおり、自分は示談交渉に来たという。信吾の父は見舞金を一人あたり三両支払うことで手打ちをするが、実は傘庵が一両ずつ上前を撥《は》ねており、それを知らない被害者が二両は少ない、五両は出してもらいたいと談判に来る。さらに食中りの件が瓦版に掲載され、「宮戸屋」は大打撃を受けてしまう。

いつも清々《すがすが》しい信吾だが、単に読者の気持ちを癒してくれるだけのヒーローではない。信吾の真っ直ぐな気性は、逆説的に、社会にはびこる矛盾や人間の心の奥底に潜む我欲など、いつの時代も変わらない〝闇〟を浮かび上がらせているのである。

「宮戸屋」の事件は、企業の不祥事をネットに書き込むといって脅したり、発端の書き込みの真偽を確かめもせず第三者がＳＮＳなどで拡散させる現代的な状況に酷似している。そのため「人を呪わば」を読むと、現代のメディアに流れる偽の情報に騙されないようにするには、どのようにすればいいのかを考えることになるはずだ。

コナン・ドイルが生んだ名探偵シャーロック・ホームズは、持ち物や言動から依頼人がどんな人物かを推理することがある。第二話「縁かいな」は、意図的に正体を隠している依頼人が何を目的にしているのかを、信吾が推理していくことになる。

猫の黒介から、「よろず相談屋の看板を見ても、声を掛けられない人もいる」「看板の下に、連絡してほしいとの伝言を入れる箱を取り付けたらどうだい」とアドバイスを受けた信吾は、「伝言箱」を設置する。すぐに一通の伝言があるが、紙片には名前も住所もなく、筆跡をわざと分からなくした変な文字で待ち合わせ場所だけが書いてあった。約束の場所に向かった信吾は、そこに現れた男と料理屋へ入る。だが実際にあっても依頼人は名乗らず、信吾には男の年齢も職業も見抜けなかったのである。

男の相談は、これまで信吾が受けた面白い相談を話して欲しいというものだった。旗本の根岸鎮衛《ねぎしやすもり》が、同僚や古老から聞き取った武家の人事から、市井の噂話《うわさばなし》、怪談奇談まで千の逸話を収集して『耳嚢《みみぶくろ》』を書き、曲亭馬琴《きょくていばきん》の呼びかけで集まった文人たちが、珍談・奇談を語る兎園会《とえんかい》を開き、この席で披露された話を『兎園小説』にまとめたことからも明らかなように、江戸時代は珍しい逸話の収集が流行していた。その意味で、信吾から面白い話を聞きたいという男は、典型的な江戸の趣味人といえる。

男の相談には乗りたいが、職務上で知り得た秘密は絶対に守らなければならない信吾は、依頼と職業倫理の板挟みになってしまう。こうした葛藤は、働いていれば誰もが少なからず経験することなので、決して他人事とは思えないだろう。

奇妙な筆跡の謎、男の正体をめぐる謎、信吾がどのようにして男の依頼を解決するかに加え、中盤以降は男と信吾の知恵比べのエッセンスも加わる「縁かいな」は、本書の中で最もミステリ色が強く、最後までスリリングな展開が楽しめる。

第三話「常に初心に」は、巌哲和尚に紹介されたという紙問屋の息子・丑太郎《うしたろう》と、人生の師である巌哲和尚との対話を通して、信吾が自分の進むべき道を見つめ直す静かな物語である。作品のメッセージは単純だが、これが実践できる人はなかなかいないので、信吾が最後にたどり着く結論は重い。

近年、園児たちが話したり、遊んだりする時に出る音がうるさいとして近隣住民がクレームを入れ、保育園などの開設計画が延期や中止に追い込まれるケースが増えていると報じられている。隣家に住み、浄瑠璃語《じょうるりがた》りを趣味にしている老武士が、「駒形」に集まる子供たちの声がうるさいと苦情をいいに来る第四話「隣はなにを」は、自分の権利ばかりを主張し、他人の事情を思《おも》い遣《や》る優しさを失いつつある現代社会を風刺しているように思えた。老武士の話を聞いた信吾は、その夜、酒を持って老武士の家を訪れ、将棋と囲碁のこと、信吾が得意とする鎖双棍のことなどを話し互いの距離を縮めていくが、ここにはご近所トラブルを解決するヒントも隠されている。

「隣はなにを」は、信吾と老武士が互いに歩みより問題解決の道を模索する人情話として進んでいくだけに、心温まる物語が一転、老武士の意外な過去が判明し、非情な世界が顔をのぞかせる終盤の急展開には、衝撃を受けるはずだ。

「常に初心に」で信吾は、父親が独立を認めてくれた直後に巌哲和尚が掛けてくれた

「天真爛漫《てんしんらんまん》に、天衣無縫に生きるがよい。ろくでもない世俗の知識、知恵などに拘《こだわ》らぬことじゃ。世塵《せじん》にまみれると目が曇って、真《まこと》が見えぬようになる。だから他人の言うことは気にせず、自分の裡《うち》なる声に従って生きるがよい」の言葉を思い出す。

著者が、第一巻『なんてやつだ』で書いた一文を改めて記し、「人を呪わば」ではフェイクニュースをそれと知らず拡散させることの愚かさを活写し、「隣はなにを」では老武士のことをよく知らないまま、思い込みで判断してしまった信吾を描いたのは、社会に流れる漠然とした空気からではなく、自分で考えて判断することが大切だということが、シリーズ全体のテーマであることを、改めて示すためだったのである。つまり本書は、著者と信吾が〝原点〟を見つめ直した意味でも重要な一冊なのだ。

自分の立ち位置を確認し、先に進む決意を固めた信吾が、これからどんな相談を解決し、どのように成長していくのか、シリーズの今後が楽しみでならない。

（すえくに・よしみ　書評家）

本書は、集英社文庫のために書き下ろされた作品です。

本文デザイン／亀谷哲也［PRESTO］
イラストレーション／中川　学

集英社文庫
野口　卓の本

なんてやつだ
よろず相談屋繁盛記

二十歳の若者ながら大人を翻弄する話術と武術を兼ね備え、将棋の腕も名人級。動物とまで話せてしまう!?　型破りな若者の成長物語、始まり始まり～!

集英社文庫　目録（日本文学）

西村京太郎　幻想と死の信越本線
西村京太郎　十津川警部　飯田線・愛と死の旋律《メロディ》
西村京太郎　明日香・幻想の殺人
西村京太郎　十津川警部　秩父SL・三月二十七日の証言《アリバイ》
西村京太郎　九州新幹線「つばめ」誘拐事件
西村京太郎　十津川警部　小浜線に椿咲く頃、貴女は死んだ
西村京太郎　門司・下関　逃亡海峡
西村京太郎　十津川警部　三陸鉄道　北の愛傷歌
西村京太郎　鎌倉江ノ電殺人事件
西村京太郎　十津川警部　特急「しまかぜ」で行く十五歳の伊勢神宮
西村京太郎　外房線　60秒の罠
西村京太郎　十津川警部　北陸新幹線「かがやき」の客たち
西村京太郎　伊勢路《ルート》殺人事件
西村京太郎　十津川警部　雪とタンチョウと釧網本線
西村京太郎　けものたちの祝宴
西村　健　仁俠スタッフサービス

西村　健　マネー・ロワイヤル
西村　健　ギャップGAP
日経ヴェリタス編集部　定年ですよ　退職前に読んでおきたいマネー教本
日本推理作家協会編　夢《ゆめ》現《うつつ》　日本推理作家協会70周年アンソロジー
日本文藝家協会編　時代小説　ザ・ベスト2016
日本文藝家協会編　時代小説　ザ・ベスト2017
日本文藝家協会編　時代小説　ザ・ベスト2018
日本文藝家協会編　時代小説　ザ・ベスト2019
楡　周平　砂の王宮
ねじめ正一　商人《あきんど》
野口　健　落ちこぼれてエベレスト
野口　健　100万回のコンチクショー
野口　健　確かに生きる　落ちこぼれたら這い上がればいい
野口　卓　なんてやつだ　よろず相談屋繁盛記
野口　卓　まさかまさか　よろず相談屋繁盛記
野口　卓　そりゃないよ　よろず相談屋繁盛記

野﨑まど　HELLO WORLD
野沢　尚　反乱のボヤージュ
野中ともそ　パンの鳴る海、緋の舞う空
野中　柊　小春日和
野中　柊　このベッドのうえ
野茂英雄　僕のトルネード戦記
萩本欽一　なんでそーなるの！　萩本欽一自伝
萩原朔太郎　青猫　萩原朔太郎詩集
橋本　治　蝶のゆくえ
橋本　治　夜
橋本　治　幸いは降る星のごとく
橋本　治　バカになったか、日本人
橋本　紡　九つの、物語
橋本　紡　葉桜
橋本長道　サラの柔らかな香車
橋本長道　サラは銀の涙を探しに

集英社文庫

そりゃないよ よろず相談屋繁盛記《そうだんやはんじょうき》

2019年6月30日 第1刷 定価はカバーに表示してあります。

著者 野口《のぐち》 卓《たく》

発行者 徳永 真

発行所 株式会社 集英社
東京都千代田区一ツ橋2-5-10 〒101-8050
電話 【編集部】03-3230-6095
【読者係】03-3230-6080
【販売部】03-3230-6393(書店専用)

印刷 図書印刷株式会社

製本 図書印刷株式会社

フォーマットデザイン アリヤマデザインストア マークデザイン 居山浩二

ISBN978-4-08-745893-0 C0193